小学语文同步阅读

爬山虎的脚·
记金华的双龙洞

叶圣陶 ◎ 著

目 录

写景状物篇：爬山虎的脚·荷花

爬山虎的脚 / 003

荷花 / 005

天井里的种植 / 007

过节 / 012

书桌 / 014

我坐了木船 / 021

牵牛花 / 024

燕子 / 026

夏天的雨后 / 028

浙江潮 / 030

各种声音 / 032

大雁 / 034

三棵银杏树 / 036

叙事记人篇：没有秋虫的地方·回忆瞿秋白先生

没有秋虫的地方 / 041

藕与莼菜 / 043

卖白果 / 046

将离 / 049

客语 / 052

看月 / 058

三种船 / 060

到吴淞去 / 070

牛 / 074

我的侄儿 / 077

桡夫子 / 083

胡愈之先生的长处 / 086

夏丏尊先生 / 089

佩弦的死讯 / 093

回忆瞿秋白先生 / 097

子恺的画 / 099

纪念雁冰兄 / 102

悼丁玲 / 104

游记篇：记金华的两个岩洞·登雁塔

记金华的两个岩洞／109

游了三个湖／114

黄山三天／121

记游洞庭西山／126

登雁塔／131

游临潼／138

从西安到兰州／147

坐羊皮筏到雁滩／155

登赐儿山／161

林区二日记／163

传统篇：苏州园林·景泰蓝的制作

苏州园林／171

景泰蓝的制作／174

荣宝斋的彩色木刻画／179

刺绣和缂丝／187

写景状物篇
爬山虎的脚 · 荷花

爬山虎的脚

学校操场北边墙上满是爬山虎。我家也有爬山虎,从小院的西墙爬上去,在房顶上占了一大片地方。

爬山虎刚长出来的叶子是嫩红色。不几天叶子长大,就变成嫩绿色。爬山虎在十月以前老是长茎长叶子。新叶子很小,嫩红色不几天就变绿,不大引人注意。引人注意的是长大的叶子。那些叶子绿得那么新鲜,看着非常舒服。那些叶子铺在墙上那么均匀,没有重叠起来的,也不留一点儿空隙。叶尖儿一顺儿朝下,齐齐整整的,一阵风拂过,一墙的叶子就漾起波纹,好看得很。

以前我只知道这种植物叫爬山虎,可不知道它怎么能爬。今年我注意了,原来爬山虎是有脚的。植物学上大概有另外的名字。动物才有脚,植物怎么会长脚呢?可是用处跟脚一个样,管它叫脚想也无妨。

爬山虎的脚长在茎上。茎上长叶柄儿的地方,反面伸出枝状的六七根细丝,每根细丝头上长个小圆球儿。细丝和小圆球儿跟新叶子一样,也是嫩红色。这就是爬山虎的脚。

爬山虎的脚触着墙的时候,小圆球就成了一个小吸盘。六七个圆圆的小吸盘就巴住了墙,枝状的细丝原先是直的,现在弯曲了,把爬山虎的嫩茎拉一把,使它紧贴在墙上。爬山虎就这样一脚一脚地往上爬。如果你仔细看那些细小的脚，你会想起图画上蛟龙的爪子。

爬山虎的脚要是没触着墙，不几天就萎了，后来连痕迹也没有了。触着墙的，细丝和小吸盘逐渐变成灰色。不要瞧不起那些灰色的脚，那些脚巴在墙上相当牢固，要是你的手指不费一点儿劲儿，休想拉下爬山虎的一根茎。

(1956年10月13日写毕)

荷　花

　　今天清早进公园，闻到一阵清香，就往荷花池边跑。荷花已经开了不少。荷叶挨挨挤挤的，像一个个大圆盘，碧绿的面，淡绿的底。白荷花在这些大圆盘之间冒出来：有的才展开两三片花瓣儿；有的花瓣儿全都展开了，露出嫩黄色的小莲蓬；有的还是花骨朵儿，看起来饱胀得马上要破裂似的。

　　这么多的白荷花，有姿态完全相同的吗？没有，一朵有一朵的姿势。看看这一朵，很美，看看那一朵，也很美，都可以画写生画。我家隔壁张家挂着四条齐白石先生的画，全是荷花，墨笔画的。我数过，四条总共画了十五朵，朵朵不一样，朵朵都好看。如果把眼前这一池的荷叶荷花看作一大幅活的画，那画家的本领比齐白石先生更大了。那画家是谁呢……

　　我忽然觉得自己仿佛就是一朵荷花。一身雪白的衣裳，透着清香。阳光照着我，我解开衣裳，敞着胸膛，舒坦极了。一阵风吹来，我就迎风歌唱，雪白的衣裳随风飘动。不光是我一朵，一池的荷花都在舞蹈呢。这不就像电影《天鹅湖》里许多天鹅一齐舞蹈的场面吗？风过了，我停止舞蹈，静静地站在那儿。蜻蜓飞过来，告诉我清早飞行的快乐。小鱼在下边游过，告诉我昨晚做的好梦……

周行、李平他们在池对岸喊我，我才记起我是我，我不是荷花。

忽然觉得自己仿佛是另外一种东西，这种情形以前也有过。有一天早上，在学校里看牵牛花，朵朵都有饭碗大，那紫色鲜明极了，镶上一道白边儿，更显得好看。我看得出了神，觉得自己仿佛就是一朵牵牛花，朝着可爱的阳光，仰起圆圆的笑脸。还有一回，在公园里看金鱼，看得出了神，觉得自己仿佛就是一条金鱼。胸鳍像小扇儿，轻轻地扇着，大尾巴比绸子还要柔软，慢慢地摆动。水里没有一点儿声音，静极了，静极了……

我觉得这种情形是诗的材料，可以拿来作诗。作诗，我要试试看——当然还要好好地想。

（1956年11月发表）

天井里的种植

搬到上海来十多年，一直住的弄堂房子。弄堂房子，内地人也许不明白是什么式样。那是各所一律的：前墙通连，隔墙公用；若干所房子成为一排；前后两排间的通路就叫作"弄堂"；若干条弄堂合起来总称什么里什么坊，表示那是某一个房主的房产。每一所房子开门进去是个小天井。天井，也许又有人不明白是什么。天井就是庭院；弄堂房子的庭院可真浅，只需三四步就跨过了，横里等于一所房子的阔，也不过五六步光景，如果从空中望下来，一定会觉得那个"井"字怪适当的。天井跨进去就是正间。正间背后横生着扶梯，通到楼上的正间以及后面的亭子间。因为房子并不宽，横生的扶梯够不到楼上的正间，碰到墙，拐弯向前去，又是四五级，那才是楼板。到亭子间可不用跨这四五级，所以亭子间比楼正间低。亭子间的下层是灶间；上层是晒台，从楼正间另一旁的扶梯走上去。近年来常常在文人笔下出现的亭子间就是这么局促闷损的居室。然而弄堂房子的结构确乎值得佩服；俗语说，"麻雀虽小，五脏俱全"，弄堂房子就合着这样经济的条件。

住弄堂房子，非但栽不成深林丛树，就是几棵花草也没法种，因为天井里完全铺着水门汀。你要看花草只有种在花盆里。

盆里的泥往往是反复地种过了几种东西的，一些养料早被用完，又没处去取肥美的泥土来加入；所以长出叶子来开出花朵来大都瘦小可怜。有些人家嫌自己动手麻烦，又正有多余的钱足以对付小小的奢侈的开支，就与花园约定，每个月送两回或者三回盆景来；这样，家里就长年有及时的花草，过了时的自有花匠带回去，真是毫不费事。然而这等人家的趣味大都在于不缺少照例应有的点缀，自己的生活跟花草的生活却并没有多大干系；只要看花匠带回去的，不是干枯了的叶子，就是折断了的枝干，可见我这话没有冤枉了他们。再有些人家从小菜场买一些折枝截茎的花草，拿回来就插在花瓶里，不像日本人那样讲究什么"花道"，插成"乱柴把"或者"喜鹊窠"都不在乎；直到枯萎了，拔起来向垃圾桶一扔，就此完事。这除了"我家也有一点儿花草"以外，实在很少意味。

　　我们乐于亲近植物，趣味并不完全在看花。一条枝条伸出来，一张叶子展开来，你如果耐着性儿看，随时有新的色泽跟姿态勾引你的欢喜。到了秋天冬天，吹来几阵西风北风，树叶毫不留恋地掉将下来；这似乎最乏味了。然而你留心看时，就会发现枝条上旧时生着叶柄的处所，有很细小的一粒透露出来，那就是来春新枝条的萌芽。春天的到来是可以预计的，所以你对着没有叶子的枝条也不至于感到寂寞，你有来春看新绿的希望。这固然不值一班珍赏家的一笑，在他们，树一定要搜求佳种，花一定要能够入谱，寻常的种类跟谱外的货色就不屑一看；但是，果真能从花草方面得到真实的享受，做一个非珍赏家的"外行"又有什么关系。然而买一点折枝截茎的花草来插在花瓶里，那是无法得到这种享受的；叫花匠每个月送几回盆景来也不行，因为时间太短促，你不能读遍一种植物的生活史；自己动手弄盆栽当然比较好，可是植物入了盆犹如鸟进了笼，无论如何总显得拘束，滞钝，跟原来不一样。推究到底，只有把植物种在泥地里最好。可是哪来泥地呢？弄堂房子的天井里有的是坚硬的水门汀！

把水门汀去掉；我时时这样想，并且告诉别人。关切我的人就提出了驳议。有两说：又不是自己的房产，给点缀花木犯不着，这是一说；谁知道这所房子住多少日子，何必种了花木让别人看，这是又一说。前者着眼在经济；后者只怕徒劳而得不到报酬。这种见识虽然不能叫我信服，可是究属好意；我对他们都致了谢。然而也并没有立刻动手。直到三年前的冬季，才真个把天井里的水门汀的两边凿去，只留当中一道，作为通路。水门汀下面满是砖砾，烦一个工人用了独轮车替我运出去。他就从不很近的田野里载回来泥土，倒在凿开的地方。来回四五趟，泥土与留着的水门汀平了。于是我买一些植物来种下，计蔷薇两棵，紫藤两棵，红梅一棵，芍药根一个。蔷薇跟紫藤都落了叶，但是生着叶柄的处所，萌芽的小粒已经透出来了；红梅满缀着花蕾，有几个已经展开了一两瓣；芍药根生着嫩红的新芽，像一个个笔尖，尤其可爱。我希望它们发育得壮健些，特地从江湾买来一片豆饼，溶化了，分配在各棵的根旁边；又听说芍药更需要肥料，先在安根处所的下边埋了一条猪的大肠。

不到两个月，"一·二八"战役起来了。停战以后，我回去捡残余的东西。天井完全给碎砖断板掩没了。只红梅的几条枝条伸出来，还留着几个干枯的花萼；新叶全不见，大概是没命了。当时心里充满着种种的忿恨，一瞥过后，就不再想到花呀草呀的事。后来回想起来，才觉得这回的种植真是多此一举。既没有点缀人家的房产，也没有让别人看到什么，除了那棵红梅总算看见它半开以外，一点儿效果都没有得到，这才是确切的"犯不着"。然而当初提出驳议的人并不曾想到这一层。

去年秋季，我又搬家了。经朋友指点，来看这所房子，才进里门，我就中了意，因为每所房子的天井都留着泥地，再不用你费事，只一条过路涂的水门汀。搬了进来之后，我就打算种点儿东西。一个卖花的由朋友介绍过来了。我说要一棵垂柳，大约齐楼上的栏杆那么高。他说有，下礼拜早上送来。到了那礼拜天，一家人似乎有一位客人将要到来，都起得很早。但是，报纸送来了，到小菜场去买菜的回来了，垂柳却没有消息。那卖花的"放生"了吧，不免感到失望。忽然，"树来了！树来了！"在弄堂里赛跑的孩子叫将起来。三个人扛着一棵绿叶蓬蓬的树，在门首停下；不待竖直，就认知这是柳树而并不是垂柳。为什么不送一棵垂柳来呢？种活来得难哩，价钱贵得多哩，他们说出好些理由。不垂又有什么关系，具有生意跟韵致是一样的。就叫他们给我种在门侧；正是齐楼上的栏杆那么高。问多少价钱，两块四，我照给了。人家都说太贵，若在乡下，这样一棵柳树值不到两毛钱。我可不这么想。三个人的劳力，从江湾跑了十多里路来到我这里，并且带来一棵绿叶蓬蓬的柳树，还不值这点儿钱吗？就是普通的商品，譬如四毛钱买一双袜子，一块钱买三罐香烟，如果撇开了资本吸收利润这一点来说，付出的代价跟取得的享受总有些抵不过似的，因为每样物品都是最可贵的劳力的化身，而付出的代价怎样来的未必每个人没有问题。

柳树离开了土地一些时，种下去过了三四天，叶子转黄，都软软地倒垂了；但枝条还是绿的。半个月后就是小春天气，接连十几天的暖和，枝条上透出许多嫩芽来；这尤其叫人放心。现在吹过了几阵西风，节令已交小寒，这些嫩芽枯萎了。然而清明时节必将有一树新绿是无疑的。到了夏天，繁密的柳叶正好代替凉棚，遮护这小小的天井：那又合于家庭经济原理了。

柳树以外我又在天井里种了一棵夹竹桃，一棵绿梅，一条紫藤，一丛蔷薇，一个芍药根，以及叫不出名字来的两棵灌木；又有一棵小刺柏，是从前住在这里的人家留下来的。天井小，而我偏贪多；这几种东西长大起来，必须彼此都不舒服。我说笑话，我安排下一个"物竞"的场所，任它们去争取"天择"吧。那棵绿梅花蕾很多，明后天有两三朵开了。

（1935 年）

过　节

逢到节令，我们遵照老例祭祖先。苏州人把祭祖先特称为"过节"；别地方人买一些酒菜，大家在节日吃喝一顿，叫作"过节"，苏州人对于这两个字似乎没有这样用法。

过节以前，母亲早已把纸锭折好了。纸锭的原料是锡箔，是绍兴地方的特产。前几年我到绍兴，在一个土山上小立，只听得密集的市屋间传出"达达"的声音，互相应答，就是在那里打锡箔。

我家过节共有三桌。上海弄堂房子地方狭窄，三桌没法同时祭，只得先来两桌，再来一桌。方桌子仅有一只，只得用小圆桌凑数。本来是三面设座位的，因为椅子不够，就改为只设一面。杯筷碗碟拿不出整齐的全套，就取杂色的来应用。蜡盏弯了头。香炉里香灰都没有，只好把三支香搁在炉口就算。总之，一切都马虎得很。好在母亲并不拘于成规，对于这一切马虎不曾表示过不满。但是我知道，如果就此废止过节，一定会引起她的不快。所以我从没有说起废止过节。

供了香，斟了酒，接着就是拜跪。平时太少运动了，才过四十岁，膝关节已经硬化，跪下去只觉得僵僵的，此外别无所思。在满座的祖先中间，记忆得最真切的是父亲与叔父，因为他们最后过世。但是我不能想象他们与十几位祖先挤坐在两把椅子上举杯喝酒举筷吃菜的情状。又有一个十一岁上过世的妹妹，今年该三十八了，母亲每次给她特设一盘水果，我也不能想象她剥橘皮吐桃核的情状。

从前父亲叔父在日，他们的拜跪就不相同。容貌显得很肃穆，一跪三叩之后，又轻轻叩头至数十回，好像在那里默祷，然后站起来，恭敬地离开拜位。所谓"祭如在""临事而敬"，他们是从小就成为习惯了的。新教育的推行与时代的转变把古传的精灵信仰打破，把儒家的报本返始的观念看得并没有什么了不起，于是"如在"既"如"不起来，"临事"自不能装模作样地虚"敬"，只成为一种毫无意义的例行故事。这原是必然的。

几个孩子有时跟着我拜，有时说不高兴拜，也就让他们去。焚化纸锭却是他们欢喜干的事。在一个搪瓷面盆里慢慢地把纸锭加进去，看它们给火焰吞食，一会儿变成白色的灰烬，仿佛有冬天拨弄炭火盆那种情味。孩子们所知道的过节，第一，自然是吃饭时有较好较多的菜；第二，这是家庭里的特种游戏，一年内总得表演几回的。至于祖先会扶老携幼到来，分着左昭右穆坐定，吃喝一顿之后，又带着钱钞回去，这在孩子是没法想象的，好比我不能想象父亲叔父会到来参加这家族的宴飨一样。从这一点想，虽然逢时过节，对于孩子大概不至于有害吧。

（1935年7月15日发表）

书　桌

　　十多年前寄居乡下的时候，曾经托一个老木匠做一张书桌。我并不认识这个老木匠，向当地人打听，大家一致推荐他，我就找他。

　　对于木材，我没有成见，式样也随便，我只要有一张可以靠着写写字的桌子罢了。他代我做主——用梧桐，因为他那里有一段梧桐，已经藏了好几年，干了。他又代我规定桌子的式样。两旁边的抽屉要多高，要不然装不下比较累赘的东西。右边只须做一只抽屉，抽屉下面该是一个柜子，安置些重要的东西，既见得稳当，取携又方便。左右两边里侧的板距离要宽些，要不然，两个膝盖时时触着两边的板，就感觉局促，不舒服。我样样依从了他，当时言明工料价六块钱。

　　过了一个星期，过了半个月，过了二十多天，不见他把新书桌送来。我再不能等待了，特地跑去问他。他指着靠在阴暗的屋角里的一排木板，说这些就是我那新书桌的材料。我不免疑怪，二十多天工夫，只把一段木头解了开来！

　　他看出我的疑怪，就用教师般的神情给我开导。说整段木头虽然干了，解了开来，里面还未免有点儿潮。如果马上拿来做家伙，不久就会出毛病，或是裂一道缝，或是接榫处松了。人家说起来，这是某某做的"生活"，这么脆弱不经用。他向来不做这种"生活"，也向来没有受过这种指摘。现在这些木板，要等它干透了，才好动手做书桌。

他恐怕我不相信，又举出当地的一些人家来，某家新造花厅，添置桌椅，某家小姐出阁准备嫁妆，木料解了开来。都搁在那里等待半年八个月再上手呢。"先生，你要是有工夫，不妨到他们家里去看看，我做的家伙是不容它出毛病的。"他说到"我做的家伙"，黄浊的眼睛放射出夸耀的光芒，宛如文人朗诵他得意作品时候的模样。

我知道催他快做是无效的，好在我并不着急，也就没说什么催促的话。又过了一个月，我走过他门前，顺便进去看看。一张新书桌站在墙边了，近乎乳白色的板面显出几条年轮的痕迹。老木匠正弯着腰，几个手指头抵着一张"沙皮"，在摩擦那安抽屉的长方孔的边缘。

我说再过一个星期，大概可以交货了吧。他望望屋外的天，又看看屋内高低不平的泥地，摇头说："不行。这样干燥的天气，怎么能上漆呢？要待转了东南风，天气潮湿了，上漆才容易干，才可以透入木头的骨子里去，不会脱落。"

此后下了五六天的雨。乡下的屋子，室内铺着方砖，每一块都渗出水来，像劳工背上淌着汗。无论什么东西，手触上去总觉得黏黏的。穿在身上的衣服也散发出霉蒸气。我想，我的新书桌该在上漆了吧。

又过了十多天，老木匠带同他的徒弟把新书桌抬来了。栗壳色，油油的发着亮光，一些陈旧的家具有它一比更见得黯淡失色了。老木匠问明了我，就跟徒弟把书桌安放在我指定的地位。只恐徒弟不当心，让桌子跟什么东西碰撞，因而擦掉一点儿漆或是划上一道纹路，他连声发出"小心呀""小心呀"的警告。直到安放停当了，他才松爽地透透气，站远一点儿，用一只手摸着长着灰色短须的下巴，悠然地鉴赏他的新作品。我交给他六块钱，他随便看了一眼就握在手心里，眼光重又回到他的新作品上。最后他说："先生，你用用看，用了些时，你自然会相信我做的家伙是可以传子孙的。"他说到"我做的家伙"，夸耀的光芒又从他那黄浊的眼睛里放射出来了。

以后十年间，这张书桌一直跟着我迁徙。搬运夫粗疏的动作使书桌添上不少纹路，但是依旧很结实，接榫处没有一点儿动摇。直到"一·二八"战役，才给毁坏了。大概是日本军人刺刀的功绩。以为锁着的柜子里藏着什么不利于他们的东西，前面一刀，右侧一刀，把两块板都划破了。左边只有三只抽屉，都没有锁，原可以抽出来看看的。大概因为军情紧急吧，没有一只一只抽出来看的余裕，就把左侧的板也划破了，而且拆了下来，丢在一旁。

事后我去收拾残余的东西。看看这张相守十年的书桌，虽然像被残害的尸体一样，肚肠心肺都露出来了，可是还舍不得就此丢掉。于是请一个木匠来，托他修理。木匠说不用抬回去，下一天带了材料和家伙来修理就是了。

第二天下午，我放工回家，木匠已经来过，书桌已经修理好了。真是看了不由得生气的修理！三块木板刨也没刨平。边缘并不嵌入木框的槽里，只用几个一寸钉把木板钉在木框的外面。涂的是窑煤似的黑漆，深一搭、淡一搭仿佛还没有刷完工的黑墙头。工料价已经领去，大洋一块半。

我开始厌恶这张书桌了。想起制造这张书桌的老木匠，他那种一丝不苟的态度，简直使缺少耐性的人受不住，然而他做成的家伙却是无可批评的。同样是木匠，现在这一个跟老木匠比起来，相差太远了。我托他修理，他就仅仅按照题目作文章，还我一个修理。木板破了，他给我钉上不破的。原来涂漆的，他也给我涂上些漆。这不是修理了吗？然而这张书桌不成一件家伙了。

同样的事在上海时时会碰到。从北京路那些木器店里买家具，往往在送到家里的时候就擦去了几处漆，划上了几条纹路。送货人有他的哲学。你买一张桌子，四把椅子，总之送给你一张桌子，四把椅子，绝不短少一件。擦去一点儿漆，划上几条纹路，算得什么呢！这种家具使用不久，又往往榫头脱出了，抽屉关不上了，叫你看着不舒服。你如果去向店家说话，店家又有他的哲学给你作答。这些家具在出门的时候都是好好的，总之他们没有把破烂的东西卖给你。至于出门以后的事，谁管得了！这可以叫作"出门不认货"主义。

又譬如冬季到了，你请一个洋铁匠来给你装火炉。火炉不能没有通气管子，通气管子不能没有支持的东西，他就横一根竖一根地引出铅丝去，钉在他认为着力的地方。"达，达，达"，一个钉子钉在窗框上。"达，达，达"，一个钉子钉在天花板上。"达，达，达"，一个钉子钉在墙壁上。可巧碰着了砖头，钉不进去，就换个地方再钉。 然而一片粉刷已经掉了下来，墙壁上有了伤疤了。也许钉了几回都不成功，他就凿去砖头，嵌进去一块木头。这一回当然钉牢了,然而墙壁上的伤疤更难看了。等到他完工,你抬起头来看:横七竖八的铅丝好似被摧残的蜘蛛网,曲曲弯弯伸出去的洋铁管好似一条呆笨的大蛇,墙壁上散布的伤疤好像谁在屋子里乱放过一阵手枪。即使火炉的温暖能给你十二分舒适,看着这些,那舒适不免要打折扣了。但是你不能怪洋铁匠,他所做的并没有违反他的哲学。你不是托他装火炉吗?他依你的话把火炉装好了,还有什么好说呢?

倘若说乡下那个老木匠有道德,所以对工作不肯马虎,上海的工匠没有道德,所以只图拆烂污,出门不认货,不肯为使用器物的人着想,这未免是拘墟之见。我想那个老木匠,当他幼年当徒弟的时候,大概已经从师父那里受到熏陶,养成那种一丝不苟的态度了吧。而师父的师父也是这么一丝不苟的,从他的徒孙可以看到他的一点儿影像。他们所以这样,为的是当地只有这么些人家做他们永远的主顾,这些人家都是相信每一件家伙预备传子孙的,自然不能够潦潦草草对付过去。乡下地方又很少受时间的催迫。女儿还没订婚,嫁妆里的木器却已经在置办了。定做了一件家具,今天拿来使用跟下一个月拿来使用,似乎没有什么分别,甚至延到明年拿来使用也不见得怎样不方便。这又使他们尽可以耐着性儿等待木料的干燥和天气的潮湿。更因主顾有限,手头的工作从来不会拥挤到忙不过来。他们这样从从容容,细磨细琢,一半自然是做"生活",一半也就是消闲寄兴的玩意儿。在这样情形之下做成的东西,固然无非靠此换饭吃,但是同时是自己精心结撰的制作,不能不对它发生珍惜爱护的心情。总而言之,是乡下的一切生活方式形成了老木匠的那种态度。

都市地方可不同了。都市地方的人口是流动的，同一手艺的作场到处都有，虽不能说没有老主顾，但像乡下那样世世代代请教某一家作场的老主顾却是很少的。一个工匠制造了一件家具，这件家具将归什么人使用，他无从知道。一个主顾跑来，买了一两件东西回去，或是招呼到他家里去为他做些工作，这个主顾会不会再来第二回，在工匠也无从预料。既然这样，工作潦草一点儿又何妨？而且，都市地方多的是不嫌工作潦草的人。每一件东西预备传子孙的观念，都市中人早已没有了（他们懂得一个顶扼要的办法，就是把钱传给子孙，传了钱等于什么都传下去了）。代替这个观念的是想要什么立刻有什么。住亭子间的人家新搬家，看看缺少一张半桌，跑出去一趟，一张半桌载在黄包车上带回来了，觉得很满意。住前楼的文人晚上写稿子，感到冬天的寒气有点儿受不住，立刻请个洋铁匠来，给装上个火炉。生起火炉来写稿子，似乎文思旺盛得多。富翁见人家都添置了摩登家具，看看自己家里还一件也没有，相形之下不免寒碜，一个电话打出去，一套摩登家具送来了。陈设停当之后，非常高兴，马上打电话招一些朋友来叙叙。年轻的小姐被邀请去当女傧相了，非有一身"剪刀口里"的新装不可。跑到服装公司里，一阵的挑选和叮嘱，质料要时髦，缝制要迅速。临到当女傧相的时刻，心里又骄傲又欢喜，仿佛满堂宾客的眼光一致放弃了新娘而集中在她一个人身上似的。当然，"想要什么"而不能"立刻有什么"的人居大多数，为的是钱不凑手。现在单说那些想要什么立刻有什么的，他们的满足似乎只在"立刻有什么"上，要来的东西是否坚固结实，能够用得比较长久，他们是不问的。总之，他们都是不嫌工作潦草的人。主顾的心理如此，工匠又何苦一定要一丝不苟？都市地方有一些大厂家，设着验工的部分，检查所有的出品，把不合格的剔出来，不让它跟标准出品混在一起，因而他们的出品为要求形质并重的人所喜爱。但是这种办法是厂主为要维持他那"牌子"的信用而想出来的，在工人却是一种麻烦。如果手制的货品被认为不合格，就有罚工钱甚至停工的灾难。现在工厂里的工人再也不会把手制的货品看作艺术品了。他们只知道货品是玩弄他们生命的怪物，必须服侍了它才有饭吃，可是无论如何也吃不饱——工人的这种态度和观念，也是都市地方的一切生活方式形成的。

近年来乡下地方正在急剧地转变，那个老木匠的徒弟大概要跟他的师父以及师父的师父分道扬镳了。

（1937年8月1日发表）

我坐了木船

从重庆到汉口,我坐了木船。

木船危险,当然知道。一路上数不尽的滩,礁石随处都是。要出事,随时可以出。还有盗匪——实在是最可怜的同胞,他们种地没得吃,有力气没处出卖,当了兵经常饿肚子,没奈何只好出此下策。假如遇见了,把铺盖或者身上衣服带了去,也是异常难处的事儿。

但是,回转来想,从前没有轮船,没有飞机,历来走川江的人都坐木船。就是如今,上上下下的还有许多人在那里坐木船,如果统计起来,人数该比坐轮船坐飞机的多得多。人家可以坐,我就不能坐吗?我又不比人家高贵。至于危险,不考虑也罢。轮船飞机就不危险吗?安步当车似乎最稳妥了,可是人家屋檐边也可能掉下一片瓦来。要绝对避免危险就莫要做人。

要坐轮船坐飞机,自然也有办法。只要往各方去请托,找关系,或者干脆买张黑票。先说黑票,且不谈付出超过定额的钱,力有不及,心有不甘,单单一个"黑"字,就叫你不愿领教。"黑"字表示作弊,表示越出常轨,你买黑票,无异帮同作弊,赞助越出常轨。一个人既不能独个儿转移风气,也该在消极方面有所自守,帮同作弊,赞助越出常轨的事儿,总可以免了吧。——

这自然是书生之见，不值通达的人一笑。

再说请托找关系，听人家说他们的经验，简直与谋差使一样的麻烦。在传达室恭候，在会客室恭候，幸而见了那要见的人，他听说你要设法船票或飞机票，爱理不理地答复你说："困难呢……下个星期再来打听吧……"于是你觉着好像有一线希望，又好像毫无把握，只得挨到下个星期再去。跑了不知多少回，总算有眉目了，又得往这一处签字，那一处盖章，看种种的脸色，候种种的传唤，为的是得一份充分的证据，可以去换一张票子。票子到手，身份可改变了，什么机关的部属，什么长的秘书，什么人的本人或是父亲，或者姓名仍旧，或者必须改名换姓，总之要与你自己暂时脱离关系。最有味的是冒充什么部的士兵，非但改名换姓，还得穿上灰布棉军服，腰间束一条皮带。我听了这些，就死了请托找关系的念头。即使饿得要死，也不定要去奉承颜色谋差使，为了一张票子去求教人家，不说我自己犯不着，人家也太费心了。重庆的路又那么难走，公共汽车站排队往往等上一个半个钟头，天天为了票子去奔跑实在吃不消。再说与自己暂时脱离关系，换上别人的身份，虽然人家不大爱惜名器，我可不愿滥用那些名器。我不是部属，不是秘书，不是某人，不是某人的父亲，我是我。我毫无成就，样样不长进，我可不愿与任何人易地而处，无论长期或是暂时。为了跑一趟路，必须易地而处，在我总觉得像被剥夺了什么似的，至于穿灰布棉军服更为难了，为了跑一趟路才穿上那套衣服，岂不亵渎了那套衣服？亵渎的人固然不少，我可总觉不忍。——这一套又是书生之见。

抱着书生之见，我决定坐木船。木船比不上轮船，更比不上飞机，千真万确。可是绝对不用请托，绝对不用找关系，也无所谓黑票。你要船，找运输行。或者自己到码头上去找。找着了，言明价钱，多少钱坐到汉口，每一块钱花得明明白白。在这一点上，我觉得木船好极了，我可以不说一句讨情的话，不看一副难看的嘴脸，堂堂正正凭我的身份东归。这是大多数坐轮船坐飞机的朋友办不到的，我可有这种骄傲。

决定了之后，有两位朋友特地来劝阻。一位从李家沱，一位从柏溪，不怕水程跋涉，为的是关爱我，瞧得起我。他们说了种种理由，设想了种种可能的障碍，结末说，还是再考虑一下的好。我真感激他们，当然不敢说不必再考虑，只好带玩笑地说，"吉人天相"，安慰他们的激动的心情。现在，他们接到我平安到达的消息，他们也真的安慰了。

（1946 年）

牵牛花

手种牵牛花，接连有三四年了。水门汀地没法下种，种在十来个瓦盆里。泥是今年又明年反复用着的，无从取得新的泥来加入。曾与铁路轨道旁边种地的那个北方人商量，愿出钱向他买一点儿，他不肯。

从城隍庙的花店里买了一包过磷酸骨粉，掺和在每一盆泥里，这算代替了新泥。

瓦盆排列在墙脚，从墙头垂下十条麻线，每两条距离七八寸，让牵牛的藤蔓缠绕上去。这是今年的新计划，往年是把瓦盆摆在三尺光景高的木架子上的。这样，藤蔓很容易爬到墙头；随后长出来的互相纠缠着，因自身的重量倒垂下来，但末梢的嫩条便又蛇头一般仰起，向上伸，与别组的嫩条纠缠，待不胜重量时重演那老把戏。因此墙头往往堆积着繁密的叶和花，与墙腰的部分不相称。今年从墙脚爬起，沿墙多了三尺光景的路程，或者会好一点儿；而且，这就将有一垛完全是叶和花的墙。

藤蔓从两瓣子叶中间引伸出来以后，不到一个月工夫，爬得最快的几株将要齐墙头了。每一个叶柄处生一个花蕾，像谷粒那么大，便转黄萎去。据几年来的经验，知道起头的一批花蕾是开不出来的；到后来发育更见旺盛，新的叶蔓比近根部的肥大，那时的花蕾才开得成。

今年的叶格外绿，绿得鲜明；又格外厚，仿佛丝绒剪成的。这自然是过磷酸骨粉的功效。他日花开，可以推知将比往年的盛大。

但兴趣并不专在看花，种了这小东西，庭中就成为系人心情的所在，早上才起，工毕回来，不觉总要在那里小立一会儿。那藤蔓缠着麻线卷上去，嫩绿的头看似静止的，并不动弹；实际却无时不回旋向上，在先朝这边，停一歇再看，它便朝那边了。前一晚只是绿豆般大一粒嫩头，早起看时，便已透出二三寸长的新条，缀一两张长满细白绒毛的小叶子，叶柄处是仅能辨认形状的小花蕾，而末梢又有了绿豆般大一粒嫩头。有时认着墙上的斑驳痕想，明天未必便爬到那里吧；但出乎意外，明晨竟爬到了斑驳痕之上。好努力的一夜工夫！"生之力"不可得见；在这样小立静观的当儿，却默契了"生之力"了。渐渐地，浑忘意想，复何言说，只呆对着这一墙绿叶。

即使没有花，兴趣未尝短少；何况他日开花，将比往年盛大呢。

(1931 年 9 月 20 日发表)

燕　子

燕子，如果拿在手里看，不是很漂亮的鸟。它飞行的时候却漂亮极了，那一对狭长的翅膀，那分叉的尾巴，都像由最高明的画家画出来的，没有一个姿势不美。

它有那样活泼的翅膀和尾巴，又有一对非常敏锐的眼睛；它的项颈短到几乎没有了，一张极大的嘴老是张开着，只等食物自己投进去。它就是这样飞着吃，飞着喝，飞着洗浴，飞着喂它的儿女。

虽不像鹰那样能从空中直扑下来，燕子飞行却更为自由。它能旋转，旋转，旋转不知多少个圈子，路线不停地变化。谁要想捉住它，被它这样旋转又旋转，早就弄糊涂了；最后筋疲力尽了，只好放弃了它。然而它好像还没有一点疲倦。靠着这种无比的技术和能力，它很容易猎取那老是飞着的东西，像苍蝇、蚊子、甲虫和其他的昆虫。

燕子的脚极细小。如果停在什么地方，就得用细小的脚去抓住，把肚皮贴着那个地方。这是费力的事，而且很不自由；这种时候它还不如一只笨重的鸭子。所以它难得停下来。它和其他动物正相反：其他动物休息时停止了活动；唯有它，不停地飞才是它的休息。

燕子把它的窠做在高处，也为着飞起来方便。高处的窠是最适当的出发点。它从那里像箭一般射出来，在广大的空中要怎样就怎样，何等自由，何等舒适。如果把窠做在低处，就没有这样方便了。因为要跳起来飞，在它是很难的。

（1934年作）

夏天的雨后

逢到夏天，我们都欢迎下雨。只等雨点一停，我们就跑到院子里去，或者外面的低洼处去。刚下的雨水并不凉，赤着脚踏在里边，皮肤上会有一种快感。彼此高兴地践踏着，你溅了我一身，我溅了你一脸。偶然失脚滑倒了，沾了满身的泥，引得旁人一阵哄笑。然而很少因此退缩的，更没有人哭了，多数是越跌越起劲，甚至故意滑倒惹旁人笑。

拾蝉、捉青蛙也是雨后有味的事情。蝉经了雨，被冲到地上，伏在草丛里不能飞，很容易拾到。拾了几只回来，放在篾丝笼里，可以随时听它们叫。青蛙平时难得到岸上来，雨后大概因为快活的缘故，多数蹲在草丛中呱呱地叫着。它们非常机警，跳跃也极灵活，一听见声响就急忙跳进水里。得轻轻地走近去，眼快手准，出其不意地把它抓住。有时脚踏不稳，被苔滑倒，沾了一身泥水；等爬起来，青蛙早就溜走了。

雨后钓鱼，那就更有趣了。镜子一样平的河水澄清碧绿，有时起一些细碎的波纹。杨柳的枝条倒挂下来拂着河面，点点的水珠时时从树上落下。鸟儿唱着轻快的歌。水草散出一种清爽的气息。我们一面下钩，一面玩赏这种画境，快活得说不出来。我们对于钓鱼并不在行。有时看见浮子动了，急忙提起，却一无所有。有时提起得迟了，被鱼儿白吃了饵去。有时鱼儿已经上了钩，却因提起的方法不对，重又落在河里。然而有时也会钓到很大的鱼，我们就唱着喊着跑回家。

　　此外还可以采菌。那就非在久雨之后不可了，因为菌类要经过多日的阴雨，才会长出来。每逢久雨初停，村里常常有许多人到野外去采菌。于是我们也戴着草帽，提着竹篮，高高兴兴地跑到田里。不多一会儿工夫，就采满了一篮。回家来炒着吃，或者做汤、下面，味道都是很好的。所以每逢连着下雨，我们就知道有一顿很好的午餐或者晚餐在等着我们了。

（1934年写毕）

浙江潮

我们从杭州乘汽车出发,行驶一个半钟头,经过海宁城,到了八堡。这段路程共五十四公里。时间正是十二点三十分,潮还没有来。江岸上看潮的人却已经聚得很多,男女老少都有;各种色彩、各种式样的服装,在晴明的阳光中显得鲜艳悦目。前面是缓缓流动的一江水。

我们沿着石塘走。看浙江省政府所立的石碑,知道这叫作"溪伊斜坡石塘",是十九年(1930年)七月完工的。溪伊大概是这里原来的村名;现在称八堡,因为从杭州起划分沿海区域,到这里是第八段。石塘呈凹字形,为的是减轻浪潮的冲击力。据说以前这里的旧塘曾被大潮冲坏,淹没了不少田地和房屋。

十二点四十五分,忽然听得隆隆的声音,好像很远的地方有个工厂正开动着机器。"来了!来了!"塘上的人一齐伸长了脖子向远望。只见水天相接的地方涌起一条白线,江水却还是缓缓地流动。然而一转眼间,那声音就变得非常强大,轰轰地布满空间,使人屏住呼吸不敢作声。潮头已在前面不远的地方了,仿佛兵士排着队伍,穿着雪白的服装,滚滚地直向石塘扑来。这是南潮,潮头四五公尺高。同时东面又突起一个潮头,像一大纵队的兵士急奔直进,和南潮正交,成"丁"字形。互相冲击的结果,潮头涌起得更高了；声音也更大，好像地球上立刻会有什么大变动到来似的。

南潮先到岸，用巨大的力量横拍石塘；浪花直溅，像积着雪的树，像美丽的小冰山。江面完全皱了，颜色转暗，白泡沫急速地跳荡着。东潮紧跟在南潮的后头，高达七八公尺，忽起忽落，像千万骑兵冲锋奔来，斜掠着塘角。东南两潮这样冲撞着，攻击塘岸，共有十多次，才一齐向上游涌去。明明就是这一江水，然而和先前大不相同了。它奔腾，它呼号，气势可以吞没一切，谁还记得它缓缓流动的旧面目。

我们看出了神，大家都没有话说，只有兴奋的眼光互相看了一眼，仿佛说："这就是浙江潮呀！"

（1934年作）

各种声音

各种声音引起我们的各种情趣，各种想象。

早上醒来，眼睛还没有睁开，听见碎乱的一片小鸟声，就知道明亮的阳光在等着我们了。傍晚的时候，听见乌鸦一阵阵地呼噪，就知道人家的烟囱里要冒出炊烟来了。

鸭儿成群游泳，呷呷地叫着，使我们想来江南的春景。鹰儿在蔚蓝的天空中盘旋，徐徐地发出尖锐的鸣声，使我们想起北方的清秋。

夏天，树枝一动不动，送出一片蝉声来，我们只觉得很寂静。秋天的夜里，围绕屋子都是秋虫的声音，我们也觉得很寂静。同样的寂静却又有不同：蝉声带着热味，而秋虫声带着凉意。

人家聚集的地方也就聚集着鸡和狗，所以一听见鸡啼狗叫，我们便感觉来到了乡间的村落。我们到动物园里去，听见了狮子一声吼叫，即使旁边有着许多游客，总好像独自留在深山荒野里了。

水声是很有趣味的。小溪好像一个人在那里轻轻地弹琴，瀑布好像许多人在那里不断地打鼓；弹琴固然寂静，打鼓也不觉得喧闹。大江大海的声音却像山崩地陷，带着一种惊天动地的气势，我们听着只觉得自己的渺小，连口气都不敢出了。

走进都市里，到处能听见人为的声音。火车和汽船呜呜地响着汽笛，各种车辆发出各种声音，有些店家奏着招引买客的音乐，有些店家开着无线电收音机。如果走近工厂，就听见机器运转的声响，很有规律，显示着巨大的力量。这些都是人类文化的声音，情趣和前面说的那些声音自不相同。

各种声音引起我们的各种情趣，各种想象。

（1934 年作）

大　雁

　　秋天，一群一群的大雁在天空飞过，发出清亮的叫声。大雁的家乡在遥远的北方。那儿秋天就飞雪，到了冬天，什么东西都给冰雪盖没了。太阳每天只露一下脸，立刻又落下去了。如果再往北去，到了北极，那儿足足有半个年头见不到太阳的面。这样寒冷，这样黑暗，大雁怎么能生活呢？所以到了秋天，它们就结队迁移，向南方飞来。

　　大雁的飞行队很有秩序，常常排成"人"字形，"之"字形，"一"字形，我国的诗人因而把它叫作"雁字"。大雁飞行的时候，由一只富有经验的统率着全队。停下来休息之前，先在空中盘旋，侦察地面有没有危险。它们饥饿的时候，连麦苗和青草都吃。可是到底是水鸟，最喜欢在湖边和江滩上搜寻它们的食物。

　　到了春深时节，它们的家乡渐渐暖和起来，冰雪融化了。太阳每天照得很长久，只有三四个小时黑夜。如果再往北去，就整整六个月，太阳老在天空中打转。因为阳光充足，草木很快地生长起来，各种虫豸也繁殖得很多。大雁从南方飞回去，用芦秆等东西作基础，放上枯叶和羽毛，做成了窠，就把卵生在窠里。母雁孵卵非常专心，除非十分饥饿，它绝不肯离开一步。一个月之后，小雁出壳了，一出壳就能活泼地走动。母雁带领着它们到有水的地方去觅食。那儿虫豸既多,得食自然很容易,侵害大雁的动物很少,行动又极自由。大雁在这样安适的地方生活,真个其乐无比。

可是,这样安适的地方不是常年不变的。过了夏天就是秋天,冰雪又要来管领这个地方了。因此,大雁必须每年一次离开故乡,到南方来避寒。

(1934年6月发表　原题为《雁》)

三棵银杏树

我家屋后有一片空地，十丈见方的开阔，前边、右边沿着河，左边是人家的墙。三棵银杏树站在那里。一棵靠着右边，把影子投到河里。两棵在中央，并着肩，手牵着手似的，像两个亲密的朋友。

三棵银杏树多少年纪了，没有人能够知道。我父亲说，他小时候，树就有这么高大了，经过了三十年的岁月，似乎还是这么高大。

三棵树的正干都很直；枝干也是直的多，偶然有几支屈曲得很古怪，像画幅上画的。每年冬天，赤裸的枝干上生出无数的小粒。这些小粒渐渐长大，最后像牛、羊的奶头。

到了春天，绿叶从奶头似的部分伸展出来。我们欢喜地说道："银杏树又穿上新衣裳了！"空地上有了这广大的绿荫，正是游戏的好场所；我们便在那里赛跑，唱歌，扮演狩猎的戏剧。经过的船只往往在右边那一棵的树荫下停泊，摇船的趁此吸一管烟或者煮一锅饭，这时候，一缕缕烟便袅起来了。

银杏树的花太小了，很容易被人忽略。去年秋天，我一壁拾银杏果，一壁问父亲道："为什么银杏树不开花的？"父亲笑着说："不开花哪里来的果？待来春留心看吧。"今年春天，我看见了银杏的花了，那是很可爱的、白里带点儿淡黄的小花。

　　说起银杏果，不由得想起街头"烫手炉，热白果"的叫卖声来。白果是银杏的核，炒过一下，剥了壳，去了衣，便是绿玉一般的一颗仁，虽然并不甜，却有一种特别的清味。这东西我们都欢喜吃。

　　秋风阵阵地吹，折扇形的黄叶落得满地。风把地上的黄叶吹起来；我们拍手叫道："一群黄蝴蝶飞起来了！"待黄叶落尽，三棵老树又赤裸了。屈曲得很古怪的枝干上偶然有一两只鹰停在那里，好久好久不动一动，衬着天空的背景，正像一幅古画。

叙事记人篇
没有秋虫的地方·回忆瞿秋白先生

没有秋虫的地方

阶前看不见一茎绿草,窗外望不见一只蝴蝶,谁说是鹁鸽箱里的生活,鹁鸽未必这样枯燥无味呢。

秋天来了,记忆就轻轻提示道:"凄凄切切的秋虫又要响起来了。"可是一点影响也没有,邻舍儿啼人闹弦歌杂作的深夜,街上轮震石响邪许并起的清晨,无论你靠着枕头听,凭着窗沿听,甚至贴着墙角听,总听不到一丝秋虫的声息。并不是被那些欢乐的劳困的宏大的清亮的声音淹没了,以致听不出来,乃是这里根本没有秋虫。啊,不容留秋虫的地方!秋虫所不屑居留的地方!

若是在鄙野的乡间,这时候满耳朵是虫声了。白天与夜间一样的安闲;一切人物或动或静,都有自得之趣;嫩暖的阳光和轻淡的云影覆盖在场上,到夜呢,明耀的星月和轻微的凉风看守着整夜,在这境界这时间里唯一足以感动心情的就是秋虫的合奏。它们高低宏细疾徐作歇,仿佛经过乐师的精心训练,所以这样地无可批评,踌躇满志。其实它们每一个都是神妙的乐师;众妙毕集,各抒灵趣,哪有不成人间绝响的呢。

虫声终于是足系恋念的东西。当这凉意微逗的时候,谁能不忆起那美妙的秋之音乐?

可是没有,绝对没有!井底似的庭院,铅色的水门汀地,秋虫早已避去唯恐不速了。而我们没有它们的翅膀与大腿，不能飞又不能跳，还是死守在这里。想到"井底"与"铅色"，觉得象征的意味丰富极了。

藕与莼菜

　　同朋友喝酒，嚼着薄片的雪藕，忽然怀念起故乡来了。若在故乡，每当新秋的早晨，门前经过许多乡人：男的紫赤的胳膊和小腿肌肉突起，躯干高大且挺直，使人起健康的感觉；女的往往裹着白地青花的头巾，虽然赤脚，却穿短短的夏布裙，躯干固然不及男的那样高，但是别有一种健康的美的风致；他们各挑着一副担子，盛着鲜嫩的玉色的长节的藕。在产藕的池塘里，在城外曲曲弯弯的小河边，他们把这些藕一再洗濯，所以这样洁白。仿佛他们以为这是供人品味的珍品，这是清晨的画境里的重要题材，倘若涂满污泥，就把人家欣赏的浑凝之感打破了；这是一件罪过的事，他们不愿意担在身上，故而先把它们洗濯得这样洁白，才挑进城里来。他们要稍稍休息的时候，就把竹扁担横在地上，自己坐在上面，随便拣择担里过嫩的"藕枪"或是较老的"藕朴"，大口地嚼着解渴。过路的人就站住了，红衣衫的小姑娘拣一节，白头发的老公公买两支。清淡的甘美的滋味于是普遍于家家户户了。这样情形差不多是平常的日课，直到叶落秋深的时候。

　　在上海这里，藕这东西几乎是珍品了。大概也是从我们故乡运来的。但是数量不多，自有那些伺候豪华公子硕腹巨贾的帮闲茶房们把大部分抢去了；其余的就要供在较大的水果铺里，位置在金山苹果吕宋香芒之间，专待善价而沽。至于挑着担子在街上叫卖的，也不是没有，但不是瘦得像乞丐的臂和腿，就是涩得像未熟的柿子，实在无从欣羡。因此，除了仅有的一回，我们今年竟不曾吃过藕。

这仅有的一回不是买来吃的，是邻舍送给我们吃的。他们也不是自己买的，是从故乡来的亲戚带来的。这藕离开它的家乡大约有好些时候了，所以不复呈玉样的颜色，却满被着许多锈斑。削去皮的时候，刀锋过处，很不爽利。切成片送进嘴里嚼着。有些儿甘味，但是没有那种鲜嫩的感觉，而且似乎含了满口的渣，第二片就不想吃了。只有孩子很高兴，他把这许多片嚼完，居然有半点钟工夫不再做别的要求。

想起了藕就联想到莼菜。在故乡的春天，几乎天天吃莼菜。莼菜本身没有味道，味道全在于好的汤。但是嫩绿的颜色与丰富的诗意，无味之味真足令人心醉。在每条街旁的小河里，石埠头总歇着一两条没篷的船，满舱盛着莼菜，是从太湖里捞来的。取得这样方便，当然能日餐一碗了。

而在上海这里又不然，非上馆子就难以吃到这东西。我们当然不上馆子，偶然有一两回去叨扰朋友的酒席，恰又不是莼菜上市的时候，所以今年竟不曾吃过。直到最近，伯祥的杭州亲戚来了，送他瓶装的西湖莼菜，他送给我一瓶，我才算也尝了新。

向来不恋故乡的我，想到这里，觉得故乡可爱极了。我自己也不明白，为什么会起这么深浓的情绪？再一思索，实在很浅显：因为在故乡有所恋，而所恋又只在故乡有，就萦系着不能割舍了。譬如亲密的家人在那里,知心的朋友在那里,怎得不恋恋?怎得不怀念?但是仅仅为了爱故乡么?不是的,不过在故乡的几个人把我们牵系着罢了。若无所牵系,更何所恋念?像我现在,偶然被藕与莼菜所牵系,所以就怀念起故乡来了。

所恋在哪里,哪里就是我们的故乡了。

(1923 年 9 月 7 日作)

卖白果

总弄里边不知不觉笼上昏黄的暮色，一列电灯亮起来了。三三两两的男子和妇女站在各弄的口头，似乎很正经的样子，不知在谈些什么。几个孩子，穿鞋没拔上跟，他们互相追赶，鞋底擦着水门汀地，作"替替"的音响。

这时候，一个挑担的慢慢地走进弄来，他向左右观看，顿一顿再向前走两三步。他探认主顾的习惯就是如此，主顾确是必须探认的，不然，挑着担子出来难道是闲耍么？走到第四弄的口头，他把担子歇下来了。我们试看看他的担子。后头有一个木桶，盖着盖子，看不见盛的是什么东西。前头却很有趣，装着个小小的炉子，同我们烹茶用的差不多，上面承着一只小镬子；瓣状的火焰从镬子旁边舔出来，烧得不很旺。在这暮色已浓的弄口，便构成个异样的情景。

他开了镬子的盖子，用一爿蚌壳在镬子里拨动，同时不很协调地唱起来了："新鲜热白果，要买就来数。"发音很高，又含有急促的意味。这一唱影响可不小，左弄右弄里的小孩子陆续奔出来了。他们已经神往于镬子里的小颗粒，大人在后面喊着慢点儿跑的声音，对于他们只是微茫的喃喃了。

据平昔的经验，听到叫卖白果的声音时，新凉已经接替了酷暑；扇子虽不至于就此遭到捐弃，总不是十二分时髦的了。因此，这叫卖声里似乎带着一阵凉意。今年入秋转热，回家来什么也不做，还是气闷，还是出汗。正在默默相对，仿佛要叹息着说无可奈何之际，忽然送来这么带着凉意的一声两声，引起我片刻的幻想的快感，我真要感谢了。

这声音又使我回想到故乡的卖白果的。做这营生的当然不只是一个，但叫卖的声调却大致相似，悠扬而轻清，恰配做新凉的象征，比这里上海的卖白果的叫卖声有味得多了。他们的唱句差不多成为儿歌，我小时候曾经受教于大人，也模仿着他们的声调唱：

烫手热白果，
香又香来糯又糯；
一个铜钱买三颗，
三个铜钱买十颗。
要买就来数，
不买就挑过。

这真是粗俗的通常话，可是在静寂的夜间的深巷中，这样不徐不疾，不刚劲也不太柔软地唱出来，简直可以使人息心静虑，沉入享受美感的境界。本来，除开文艺，单从声音方面讲，凡是工人所唱的一切的歌，小贩呼唤的一切叫卖声，以及戏台上红面孔白面孔青衫长胡子所唱的戏曲，中间都颇有足以移情的。我们不必辨认他们唱的是些什么话，含着什么意思，单就那调声的抑扬徐疾送渡转折等等去吟味；也不必如考据家内行家那样用心，推究某种俚歌源于什么，某种腔调是从前某老板的新声，特别可贵。只取足以悦我们的耳的，就多听它一会儿。这样，也就可以获得不少赏美的乐趣。如果歌唱的也就是极好的文艺，那当然更好，原是不待说明的。

这里上海的卖白果的叫卖声所以不及我故乡的，声调不怎么好自然是主因，而里中欠静寂，没有给它衬托，也有关系。全里的零零碎碎的杂声，里外马路上的汽车声，工厂里的机器声，搅和在一起，就无所谓静寂了。即使是神妙的音乐家，在这境界中演奏他生平的绝艺，也要打个很大的折扣，何况是不足道的卖白果的叫卖声呢。

但是它能引起我片刻的幻想的快感，总是可以感谢而且值得称道的。

（1924年8月22日作）

将　离

　　跨下电车，便是一阵细且柔的密雨。旋转的风把雨吹着，尽向我身上卷上来。电灯光特别昏暗，火车站的黑影兀立在深灰色的空中。那边一行街树，枝条像头发似的飘散舞动，萧萧作响。我突然想起：难道特地要叫我难堪，故意先期做起秋容来么！便觉得全身陷在凄怆之中，刚才喝下去的一斤酒在胃里也不大安分起来了。

　　这是我的揣想：天日晴朗的离别胜于风凄雨惨的离别，朝晨午昼的离别胜于傍晚黄昏的离别。虽然一回离别不能二者并试以做比较，虽然这一回的离别还没有来到，我总相信我的揣想是大致不谬的。然而到福州去的轮船照例是十二点光景开的，黄昏的离别是注定的了。像这样入秋渐深，像这样时候吹一阵风洒一阵雨，又安知六天之后的那一夜，不更是风凄雨惨的离别呢？

　　一点东西也不要动：散乱的书册，零星的原稿纸，积着墨汁的水盂，歪斜地摆着的砚台……一切保持原来的位置。一点变更也不让有：早上六点起身，吃了早饭，写了一些字，准时到办事的地方去，到晚回家，随便谈话，与小孩胡闹……一切都是平淡的生活。全然没有离别的气氛，还有什么东西会迫紧来？好像没有快要到来的这回事了。

记得上年平伯去国，我们一同在一家旅馆里，明知不到一小时，离别的利刃就要把我们分割开来了。于是一启口一举手都觉得有无形的线把我牵着，又似乎把我浑身捆紧；胸口也闷闷的不大好受。我竭力想摆脱，故意做出没有什么的样子，靠在椅背上，举起杯子喝口茶，又东一句西一句地谈着。然而没有用，只觉得十分勉强，只觉得被牵被捆被压得越紧罢了。我于是想：离别的气氛既已凝集，再也别想冲决它，它是非把我们拆开来不可的。

现在我只是不让这气氛凝集，希望免受被牵被捆被压的种种纠缠。我又这么痴想，到离去的一刻，最好恰正在沉酣的睡眠里，既泯能想，自无所想。虽然觉醒之后，已经是大海孤轮中的独客，不免引起深深的惆怅；但是最难堪的一关已经闯过，情形便自不同了。

然而这气氛终于会凝集拢来。走进家里，看见才洗而缝好的被袱，衫裤长袍之类也一叠叠地堆在桌子上。这不用问，是我旅程中的同伴了。"偏要这么多事，事已定了，为什么不早点儿收拾好！"我略微烦躁地想。但是必须带走既属事实，随时预备尤见从容，我何忍说出责备的话呢——实在也不该责备，只该感激。

然而我触着这气氛了，而且嗅着它的味道了，与上年在旅馆里感到的正是同一的种类，不过还没有这样浓密而已。我知道它将更渐渐地浓密，犹如西湖上晚来的烟雾；直到最后，它具有一种强大的力量，便会把我一挤；我于是不自主地离开这里了。

我依然谈话，写字，吃东西，躺在藤椅上；但是都有点儿异样，有点儿不自然。

夜来有梦，梦在车站月台旁。霎时火车已到，我急忙把行李提上去，身子也就登上，火车便疾驰而去了。似乎还有些东西遗留在月台那边，正在检点，就想到遗留的并不是东西，是几个人。很奇怪，我竟不曾向他们说一声"别了"，竟不曾伸出手来给他们；不仅如此，登上火车的时候简直把他们忘了。于是深深地悔恨，怎么能不说一声，握一握手呢！假若说了，握了，究竟是个完满的离别，多少是好。"让我回头去补了吧！让我回头去补了吧！"但是火车不睬我，它喘着气只是向前奔。

这梦里的登程，全忘了月台上的几个人，与我痴心盼望的酣睡时离去，情形正相仿佛。现在梦里的经验告诉我，这只有勾引些悔恨，并不见得比较好些。那么，我又何必做这种痴想呢？然而清醒地说一声握一握的离别，究竟何尝是好受的！

"信要写得勤，要写得详；虽然一班轮船动辄要隔三五天，而厚厚的一叠信笺从封套里抽出来，总是独客的欣悦与安慰。"

"未必能够写得怎样勤怎样详吧。久已不干这勾当了；大的小的粗的细的种种事情箭一般地射到身上来，逐一对付已经够受了，知道还有多少坐定下来执笔的工夫与精神！"

离别的滋味假若是酸的，这里又掺入一些苦辛的味道了。

（1923年9月12日）

客　语

侥幸万分的竟然是晴明的正午的离别。

"一切都安适了,上岸回去吧,快要到开行的时刻了。"似乎很勇敢地说了出来,其实呢,处此境地,就不得不说这样的话。但也不是全不出于本心。梨与香蕉已经买来给我了,话是没有什么可说了,夫役的扰攘,小舱的郁蒸,又不是什么足以赏心的,默默地挤在一起,徒然把无形的凄心的网织得更密罢了,何如早点儿就别了呢?

不可自解的是却要送到船栏边,而且不止于此,还要走下扶梯送到岸上。自己不是快要起程的旅客么?竟然充起主人来。主人送了客,回头踱进自己的屋子,看见自己的人。可是现在——现在的回头呢?

并不是懦怯,自然而然看着别的地方,答应"快写信来"那些嘱咐。于是被送的转身举步了。也不觉得什么,只仿佛心里突然一空似的(老实说,摹写不出了)。随后想起应该上船,便跨上扶梯;同时用十个指头梳满头散乱的头发。

倚着船栏,看岸上的人去得不远,而且正回身向这里招手。自己的右手不待命令,也就飞扬跋扈地舞动于头顶之上。忽地觉得这刹那间这个境界很美,颇堪体会。待再望岸上人,却已没有踪迹，大概拐了弯赶电车去了。

没有经验的想象往往是外行的，待到证实，不免自己好笑。起初以为一出吴淞口便是苍茫无际的海天，山头似的波浪打到船上来，散为裂帛与抛珠，所以只是靠着船栏等着。谁知出了口还是似尽又来的沙滩，还是一抹连绵的青山，水依然这么平，船依然这么稳。若说眼界，未必开阔了多少，却觉空虚了好些，若说趣味，也不过与乘内河小汽轮一样。于是失望地回到舱里，爬上上层自己的铺位，只好看书消遣。下层那位先生早已有时而猝发的鼾声了。

实在没有看多少页书，不知怎么也蒙眬起来了。只有用这蒙眬二字最确切，因为并不是睡着，汽机的声音和船身的微荡，我都能够觉知，但仅仅是觉知，再没有一点思想一毫情绪。这蒙眬仿佛剧烈的醉，过了今夜，又是明朝，只是不醒，除了必要坐起来几回，如吃些饼干牛肉香蕉之类，也就任其自然——连续地蒙眬着。

这不是摇篮里的生活么？婴儿时的经验固然无从回忆，但是这样只有觉知而没有思想没有情绪，该有点儿相像吧。自然，所谓离思也暂时给假了。

向来不曾亲近江山的，到此却觉得趣味丰富极了。书室的窗外，只隔一片草场，闲闲地流着闽江。彼岸的山绵延重叠，有时露出青翠的新妆，有时披上轻薄的雾帔，有时不知从什么地方来了好些云，却与山通起家来，于是更见得那些山郁郁然有奇观了。窗外这草场差不多是几十头羊与十头牛的领土。看守羊群的人似乎不主张放任主义的，他的部民才吃了一顿，立即用竹竿驱策着，叫它们回去。时时听得仿佛有几个人在那里割草的声音，便想到这十头牛特别自由，还是在场中游散。天天喝的就是它们的奶，又白又浓又香，真是无上的恩惠。

卧室的窗对着山麓，望去有裸露的黑石，有矮矮的松林，有泉水冲过的涧道。间或有一两个人在山顶上樵采，形体渺小极了，看他们在那里运动着，便约略听得微茫的干草瑟瑟的声响。这仿佛是古代的幽人的境界，在什么诗篇什么画幅里边遇见过的。暂时充当古代的幽人，当然有些新鲜的滋味。

月亮还在山的那边，仰望山谷，苍苍的，暗暗的，更见得深郁。一阵风起，总是锐利的一声呼啸一般，接着便是一派松涛。忽然忆起童年的情景来：那一回与同学们远足天平山，就在高义园借宿，稻草衬着褥子，横横竖竖地躺在地上。半夜里醒来了，一点儿光都没有，只听得洪流奔放似的声音，这声音差不多把一切包裹起来了；身体颇觉寒冷，因而把被头裹得更紧些。从此再也不想睡，直到天明，只是细辨那喧而弥静静而弥旨的滋味。三十年来，所谓山居就只有这么一回。而现在又听到这声音了，虽然没有那夜那么宏大，但是往后的风信正多，且将常常更甚地听到呢。只不知童年的那种欣赏的心情能够永永持续否……

这里有秋虫，有很多的秋虫，没有秋虫的地方究竟是该诅咒的例外。躺在床上听听，真是奇妙的合奏，有时很繁碎，有时很凝集，而总觉得恰合刚好，足以娱耳。中间有一种不知名的虫，它们的声音响亮而曼长，像是弦乐，而且引起人家一种想象，仿佛见到一位乐人在那里徐按慢抽地演奏。

松声与虫声渐渐地轻微又轻微，终于消失了……

仓前山差不多一座花园，一条路，一丛花，一所房屋，一个车夫，都有诗意。尤其可爱的是晚阳淡淡的时候，礼拜堂里送出一声钟响，绿荫下走过几个张着花纸伞的女郎。

跟着绍虞夫妇前山后山地走，认识了两相仿佛的荔枝树与龙眼树，也认识了长髯飘飘的生着气根的榕树，眺望了我们所住的那座山，又看了胭脂似的两边的暮云，于是坐在路旁的砖砌的矮栏上休息。渐渐地四围昏暗了，远处的山只像几笔极淡的墨痕染渍在灰色的纸上。乡间的女人匆匆地归去，走过我们身边，很自然地向我们看一看。那种浑朴的意态，那种奇异的装束(最足注目的是三支很长的银发钗，像三把小剑，两横一竖地把发髻拢住，我想，两个人并肩走时，横插的剑锋会划着旁人的头发)，都使我想到古代的人。同时又想，什么现代精神，什么种种的纠纷，都渺茫得像此刻的远山一样，仿佛沉在梦幻里了。

中秋夜没有月，这倒很好，我本来不希望看什么中秋月。与平常没有月亮的晚上一样，关在书室里，就美孚灯光下做了一点功课，就去睡了。

第二天的傍晚，满天是云，江面黯然。西风震动窗棂，"吉格"作响。突然觉得寂寥起来，似乎无论怎样都不好。但是又不能什么都不做，总要在这样那样里占其一，这时候我占的是倚窗怅望。然而怅望又有什么意思呢?

绍虞似乎有点儿揣度得出,他走来邀我到江边去散步。水波被滩石所挡,激触有声。还有广遍而轻轻的风一般的音响平铺在江面上,潮水又退出去了。便随口念旧时的诗句:

潮声应未改,客绪已频更。

七年以前,我送墨林去南通。出得城来,在江滨的客店里歇宿候船,却成了独客。荒凉的江滨晚景已够叫人怅怅,又况是离别开始的一晚,真觉得百无一可了。聊学雅人口占一诗,借以排遣。现在这两句就是这一首诗里的。唉,又是潮声,又是客绪!

所谓客绪,正像冬天的浓云一般,风吹不散,只是越凝集越厚,散步的药又有什么用处。回到屋里,天差不多黑了,我们暂时不点火,就在昏暗中坐下。我说:"介泉在北京常说,在暮色苍茫之际,炉火微明,默然小坐,别有滋味。"绍虞接应了一声就不响了。很奇怪,何以我和他的声音都特别寂寞,仿佛在一个广大的永寂的虚空中,仅仅荡漾着这一些声音,音波散了,便又回复它的永寂。

想来介泉所说的滋味,一定带着酸的。他说"别有",诚然是"别有",我能够体会他的意思了。

点灯以后,居然送来了切盼而难得的邮件,昨天有一艘轮船到这里了。看了第一封,又把心挤得紧一点。第二封是平伯的,他提起我前几天作的一篇杂记,说:"……此等事终于无可奈何,不呻吟固不可,作呻吟又觉陷于怯弱。总之,无一而可,这是实话。……"

似乎觉得这确是怯弱,不要呻吟吧。

但是还是去想,呻吟为了什么?恋恋于故乡么?故乡之足以恋恋的,差不多只有藕与莼菜这些东西了,又何至于呻吟?恋恋于鹁鸽箱似的都市里的寓居么?既非鹁鸽,又何至于因为飞开了而呻吟?老实地说,简括地说,只因一种愿与最爱与同居的人同居的心情,忽然不得满足罢了。除了与最爱与同居的人同居,人间的趣味在哪里?因为不得满足而呻吟,正是至诚的话,有什么怯弱不怯弱?那么,又何必不要呻吟呢?

呻吟的心本来如已着了火的燃料,浓烟郁结,正待发焰。平伯的信恰如一根火柴,就近一引,于是炽盛地燃烧起来了……

(1923 年 10 月 1 日)

看 月

　　住在上海"弄堂房子"里的人对于月亮的圆缺隐现是不甚关心的。所谓"天井",不到一丈见方的面积。至少十六支光的电灯每间里总得挂一盏。环境限定,不容你有关心到月亮的便利。走到路上,还没"断黑"已经一连串地亮了街灯。有月亮吧,就像多了一盏灯。没有月亮吧,犹如一盏街灯损坏了,没有亮起来。谁留意这些呢?

　　去年夏天,我曾经说过不大听到蝉声,现在说起月亮,我又觉得许久不看见月亮了。只记得某夜夜半醒来,对窗的收音机已经沉寂,隔壁的"麻将"也歇了手,各家的电灯都已熄灭,一道象牙色的光从南窗透进来,把窗棂印在我的被袱上。我略微感到惊异,随即想到原来是月亮光。好奇地要看看月亮本身,我向窗外望。但是,一会儿月亮被云遮没了。

　　从北平来的人往往说在上海这地方怎么"待"得住。一切都这样紧张。空气是这样龌龊。走出去很难得看见树木,诸如此类,他们可以举出一大堆。我想,月亮仿佛失掉了这一点,也该列入他们认为上海"待"不住的理由吧。假若如此,我倒并不同意。在生活的诸般条件里列入必须看月亮一项,那是没有理由的。清旷的襟怀和高远的想象力未必定须由对月而养成。把仰望的双眼移到地面，同样可以收到修养上的效益，而且更见切实。可是我并非反对看月亮，只是说即使不看也没有什么关系罢了。

最好的月色我也曾看过。那时在福州的乡下，地当闽江一折的那个角上。某夜，靠着楼栏直望。闽江正在上潮，受着月光，成为水银的洪流。江岸诸山略微笼罩着雾气，好像不是平日看惯的那几座山了。月亮高高停在天空，非常舒泰的样子。从江岸直到我的楼下是一大片沙坪，月光照着，茫然一白，但带点儿青的意味。不知什么地方送来晚香玉的香气。也许是月亮的香气吧，我这么想。我心中不起一切杂念，大约历一刻钟之久，才回转身来。看见蛎粉墙上映着我的身影，我于是重又意识到了我。

那样的月色如果能得再看几回，自然是愉悦的事，虽然前面我说过"即使不看也没有什么关系"。

（1933 年）

三种船

一连三年没有回苏州去上坟了。今年秋天有点儿空闲，就去上一趟坟。上坟的意思无非是送一点钱给看坟的坟客，让他们知道某家的坟还没有到可以盗卖的地步罢了。上我家的坟得坐船去。苏州人上坟向来大都坐船，天气好，逃出城圈子，在清气充塞的河面上畅快地呼吸一天半天，确是非常舒服的事。这一趟我去，雇的是一条熟识的船。涂着的漆差不多剥光了，窗框歪斜，平板破裂，一副残废的样子。问起船家，果然，这条船几年没有上岸修理了。今年夏季大旱，船只好胶住在浅浅的河浜里，哪里还有什么生意，又哪里来钱上岸修理。就是往年，除了春季上坟，船也只有停在码头上迎晓风送夕阳的份儿。近年来到各乡各镇去，都有了小轮船，不然，可以坐绍兴人的"啮啮船"，也不比小轮船慢，而且价钱都很便宜。如果没有上坟这件事，苏州城里的船恐怕只能劈做柴烧了。而上坟的事大概是要衰落下去的，就像我，已经改变为三年上一趟坟了。

苏州城里的船叫作"快船"，与别地的船比起来，实在是并不快的。因为不预备经过什么长江大湖，所以吃水很浅，船底阔而平。除了船头是露天以外，分做头舱中舱和艄篷三部分。头舱可以搭高，让人站直不至于碰头顶。两旁边各有两把或者三把小巧的靠背交椅，又有小巧的茶几。前檐挂着红绿的明角灯，明角灯又挂着红绿的流苏。踏脚的是广漆的平板，一般是六块。由横的直的木条承着。揭开平板，下面是船家的储藏库。中舱也铺着若干块平板，可是差不多贴着船底，所以从头舱到中舱得跨下一尺多。中舱两旁边是两排小方窗，上面的一排可以吊起来，第二排可以卸去，以便靠着船舷眺望。以前窗子都配上明瓦，或者在拼凑的明瓦中间镶这么一小方玻璃，后来玻璃来得多了，就完全用玻璃。中舱与头舱艄篷分界处都有六扇书画小屏门，上方下方装在不同的几条槽里，要开要关，只需左右推移。书画大多是金漆的，无非"寒雨连江夜入吴""月落乌啼霜满天"以及梅兰竹菊之类，中舱靠后靠右搁着长板，供客憩坐。如果过夜，只要靠后多拼一两条长板，就可以摊被褥。靠左当窗放一张小方桌，方桌旁边四张小方凳。如果在小方桌上放上圆桌面，十来个人就可以聚餐。靠后靠右的长板以及头舱的平板都是座头，小方凳摆在角落里凑数。末了儿说到艄篷，那是船家整个的天地。艄篷同头舱一样，平板以下还有地位，放着锅灶碗橱以及铺盖衣箱种种东西。揭开一块平板，船家就蹲在那里切肉煮菜。此外是摇橹人站着摇橹的地方。橹左右各一把，每把由两个人服侍，一个当橹柄，一个当橹绳。船家如果有小孩，走不来的躺在困桶里，放在翘起的后艄，能够走的就让他在那里爬，拦腰一条绳拴着，系在篷柱上，以防跌到河里去。后艄的一旁露出四条棍子，一顺地斜并着，原来大概是护船的武器，后来转变成装饰品了。全船除着水的部分以外，窗门板柱都用广漆，所以没有其他船上常有的那种难受的桐油气味。广漆的东西容易擦干净，船旁边有的是水，只要船家不懒惰，船就随时可以明亮爽目。

　　从前，姑奶奶回娘家哩，老太太看望小姐哩，坐轿子嫌吃力，就唤一条快船坐了去。在船里坐得舒服，躺躺也不妨，又可以吃茶，吸水烟，甚至抽大烟。只是城里的河道非常脏，有人家倾弃的垃圾，有染坊里放出来的颜色水，淘米净菜洗衣服涮马桶又都在河旁边干，使河水的颜色和气味变得没有适当的字眼可以形容。有时候还浮着肚皮胀得饱饱的死猫或者死狗的尸体。到了夏天，红里子白里子黄里子的西瓜皮更是洋洋大观。苏州城里河道多，有人就说是东方的威尼斯。威尼斯像这个样子，又何足羡慕呢？这些，在姑奶奶老太太等人是不管的，只要小天地里舒服，以外尽不妨马虎，而且习惯成自然，那就连抬起手来按住鼻子的力气也不用花。城外的河道宽阔清爽得多，到附近的各乡各镇去，或逢春秋好日子游山玩景，以及干那宗法社会里的重要事项——上坟，唤一条快船去当然最为开心。船家做的菜是菜馆比不上的，特称"船菜"。正式的船菜花样繁多，菜以外还有种种点心，一顿吃不完。非正式地做几样也还是精，船家训练有素，出手总不脱船菜的风格。拆穿了说，船菜所以好就在于只准备一席，小镬小锅，做一样是一样，汤水不混合，材料不马虎，自然每样有它的真味，叫人吃完了还觉得馋涎欲滴。倘若船家进了菜馆里的大厨房，大镬炒虾，大锅煮鸡，那也一定会有坍台的时候的。话得说回来，船菜既然好，坐在船里又安舒，可以眺望，可以谈笑，玩它个夜以继日，于是快船常有求过于供的情形。那时候，游手好闲的苏州人还没有识得"不景气"的字眼，脑子里也没有类似"不景气"的想头，快船就充当了适应时机的幸运儿。

除了做船菜，船家还有一种了不得的本领，就是相骂。相骂如果只会防御，不会进攻，那不算稀奇。三言两语就完，不会像藤蔓似的纠缠不休，也只能算次等角色。纯是常规的语法，不会应用修辞学上的种种变化，那就即使纠缠不休也没有什么精彩。船家与人家相骂起来，对于这三层都能毫无遗憾，当行出色。船在狭窄的河道里行驶，前面有一条乡下人的柴船或者什么船冒冒失失地摇过来，看去也许会碰撞一下，船家就用相骂的口吻进攻了："你瞎了眼睛吗？这样横冲直撞是不是去赶死？"诸如此类。对方如果有了反响，那就进展到纠缠不休的阶段，索性把摇橹撑篙的手停住了，反复再四地大骂，总之错失全在对方，所以自己的愤怒是不可遏制的。然而很少骂到动武，他们认为男人盘辫子女人扭胸脯不属于相骂的范围。这当儿，你得欣赏他们的修辞的才能。要举例子，一时可记不起来，但是在听到他们那些话语的时候，你一定会想，从没有想到话语可以这么说的，然而唯有这么说，才可以包含怨恨、刻毒、傲慢、鄙薄种种成分。编辑人生地理教科书的学者只怕没有想到吧，苏州城里的河道养成了船家相骂的本领。

他们的摇船技术是在城里的河道训练成功的，所以长处在于能小心谨慎，船与船擦身而过，彼此绝不碰撞。到了城外去，遇到逆风固然也会拉纤，遇到顺风固然也会张一扇小巧的布篷，可是比起别种船上的驾驶人来，那就不成话了。他们敢于拉纤或者张篷的时候，风一定不很大，如果真个遇到大风，他们就小心谨慎地回复你，今天去不成。譬如我去上坟必须经过石湖，虽然吴瞿安先生曾作诗说石湖"天风浪浪"什么什么以及"群山为我皆低昂”，实在是个并不怎么阔大的湖面，旁边只有一座很小的上方山，每年阴历八月十八，许多女巫都要上山去烧香的。船家一听说要过石湖就抬起头来看天，看有没有起风的意思。到进了石湖的时候，脸色不免紧张起来，说笑都停止了。听得船头略微有汩汩的声音，就轻轻地互相警戒：“浪头！浪头！”有一年我家去上坟，风在十点过后大起来，船家不好说回转去，就坚持着不过石湖。这一回难为了我们的腿，来回跑了二十里光景才上成了坟。

现在来说绍兴人的“啃啃船”。那种船上备着一面小铜锣，开船的时候就啃啃啃啃敲起来，算是信号，中途经过市镇，又啃啃啃啃敲起来，招呼乘客，因此得了这奇怪的名称。我小时候，苏州地方没有那种船。什么时候开头有的，我也说不上来。直到我到角直去当教师，才与那种船有了缘。船停泊在城外，据传闻，是与原有的航船有过一番斗争的。航船见它来抢生意，不免设法阻止。但是“啃啃船”的船夫只知道硬干，你要阻止他们，他们就与你打。大概交过了几回手吧，航船夫知道自己不是那些绍兴人的敌手，也就只好用鄙夷的眼光看他们在水面上来去自由了。中间有没有立案呀登记呀这些手续，我可不清楚，总之那些绍兴人用腕力开辟了航线是事实。我们有一句话，“麻雀豆腐绍兴人”，意思是说有麻雀豆腐的地方也就有绍兴人，绍兴人与麻雀豆腐一样普遍于各地。试把“啃啃船”与航船比较，就可以证明绍兴人是生存斗争里的好角色，他们与麻雀豆腐一样普遍于各地，自有所以然的原因。这看了后文就知道，且让我把“啃啃船”的体制叙述一番。

"啹啹船"属于"乌篷船"的系统,方头,翘尾巴,穹形篷,横里只够两个人并排坐,所以船身特别见得长。船旁涂着绿釉,底部却涂红釉,轻载的时候,一道红色露出水面,与绿色作强烈的对照。篷纯黑色。舵或红或绿,不用,就倒插在船艄,上面歪歪斜斜标明所经乡镇的名称,大多用白色。全船的材料很粗陋,制作也将就,只要河水不至于灌进船里就成,横一条木条,竖一块木板,像破衣服上的补缀一样,那是不在乎的。我们上旁的船,总是从船头走进舱里去。上"啹啹船"可不然,我们常常踩着船边,从推开的两截穹形篷中间把身子挨进舱里去,这样见得爽快。大家既然不欢喜钻舱门,船夫有人家托运的货品就堆在那里,索性把舱门堵塞了。可是踩船边很要当心。西湖划子的活动不稳定,到过杭州的人一定有数,"啹啹船"比西湖划子大不了多少,它的活动不稳定也与西湖划子不相上下。你得迎着势,让重心落在踩着船边的那只脚上,然后另一只脚轻轻伸下去,点着舱里铺着的平板。进了舱你就得坐下来。两旁靠船边搁着又狭又薄的长板就是座位,这高出铺着的平板不过一尺光景,所以你坐下来就得耸起你的两个膝盖,如果对面也有人,那就实做"促膝"了。背心可以靠在船篷上,躯干最好不要挺直,挺直了头触着篷顶,你不免要起局促之感。先到的人大多坐在推开的两截穹形篷的空当里,这里虽然是出入要道,时时有偏过身子让人家的麻烦,却是个优越的位置,透气,看得见沿途的景物,又可以轮流把两臂搁在船边,舒散舒散久坐的困倦。然而遇到风雨或者极冷的天气,船篷必须拉拢来,那位置也就无所谓优越,大家一律平等,埋没在含有恶浊气味的阴暗里。

"啥啥船"的船夫差不多没有四十岁以上的人，身体都强健，不懂得爱惜力气，一开船就拼命划。五个人分两边站在高高翘起的船艄上，每人管一把橹，一手当橹柄，一手当橹绳。那橹很长，比旁的船上的橹来得轻薄。当推出橹柄去的时候，他们的上身也冲了出去，似乎要跌到河里去的模样。接着把橹柄挽回来，他们的身子就往后顿，仿佛要坐下来似的。五把橹在水里这样强力地划动，船身就飞快地前进了。有时在船头加一把桨，一个人背心向前坐着，把它扳动，那自然又增加了速率。只听得河水活活地向后流去，奏着轻快的调子。船夫一壁划船，一壁随口唱绍兴戏，或者互相说笑，有猥亵的性谈，有绍兴风味的幽默谐语，因此，他们就忘记了疲劳，而旅客也得到了解闷的好资料。他们又喜欢与旁的船竞赛，看见前面有一条什么船，船家摇船似乎很努力，他们中间一个人发出号令说"追过它"，其余几个人立即同意，推呀挽呀分外用力，身子一会儿冲出去，一会儿倒仰过来，好像忽然发了狂。不多时果然把前面的船追过了，他们才哈哈大笑，庆贺自己的胜利，同时回复到原先的速率。由于他们划得快，比较性急的人都欢喜坐他们的船，譬如从苏州到甪直是"四九路"（三十六里），同样地划，航船要六个钟头，"啥啥船"只要四个钟头，早两个钟头上岸，即使不想赶做什么事，身体究竟少受些拘束，何况船价同样是一百四十文，十四个铜板。（这是十五年前的价钱，现在总该增加了。）

风顺，"啥啥船"当然也张风篷。风篷是破衣服、旧挽联、干面袋等等材料拼凑起来的，形式大多近乎正方。因为船身不大，就见得篷幅特别大，有点儿不相称。篷杆竖在船头舱门的地位，是一根并不怎么粗的竹头，风越大，篷杆越弯，把袋满了风的风篷挑出在船的一边。这当儿，船的前进自然更快，听着哗哗的水声，仿佛坐了摩托船。但是胆子小点儿的人就不免惊慌，因为船的两边不平，低的一边几乎齐水面，波浪大，时时有水花从舱篷的缝里溅进来。如果坐在低的一边，身体被动地向后靠着，谁也会想到船一翻自己就最先落水。坐在高的一边更得费力气，要把两条腿伸直，两只脚踩紧在平板上，才不至于脱离座位，跌扑到对面的人的身上去。有时候风从横里来，他们也张风篷，一会儿篷在左边，一会儿调到右边，让船在河面上尽画曲线。于是船的两边轮流地一高一低，旅客就好比在那里坐幼稚园里的跷跷板，"这生活可难受"，有些人这样暗自叫苦。然而"啮啮船"很少失事，风势真个不对，那些船夫还有硬干的办法。有一回我到甪直去，风很大，饱满的风篷几乎蘸着水面，虽然天气不好，因为船行非常快，旅客都觉得高兴，后来进了吴淞江，那里江面很阔，船沿着"上风头"的一边前进。忽然呼呼地吹来更猛烈的几阵风，风篷着了湿重又离开水面。旅客连"哎哟"都喊不出来，只把两只手紧紧地支撑着舱篷或者坐身的木板。扑通，扑通，三四个船夫跳到水里去了。他们一齐扳住船的高起的一边，待留在船上的船夫把风篷落下来，他们才水淋淋地爬上船艄，湿了的衣服也不脱，拿起橹来就拼命地划。

说到航船，凡是摇船的跟坐船的差不多都有一种哲学，就是"反正总是一个到"主义。反正总是一个到，要紧做什么？到了也没有烧到眉毛上来的事，慢点儿也呒啥。所以，船夫大多衔着一根一尺多长的烟管，闭上眼睛，偶尔想到才吸一口，一管吸完了，慢吞吞捻了烟丝装上去，再吸第二管。正同"啕啕船"相反，他们中间很少四十岁以下的人。烟吸畅了，才起来理一理篷索，泡一壶公众的茶。可不要当作就要开船了，他们还得坐下来谈闲天。直到专门给人家送信带东西的"担子"回了船，那才有点儿希望。好在坐船的客人也不要不紧，隔十多分钟二三十分钟来一个两个，下了船重又上岸，买点心哩，吃一开茶哩，又是十分或一刻。有些人买了烧酒豆腐干花生米来，预备一路独酌。有些人并没有买什么，可是带了一张源源不绝的嘴，还没有坐定就乱攀谈，挑选相当的对手。在他们，迟些儿到实在不算一回事，就是不到又何妨。坐惯了轮船火车的人去坐航船，先得做一番养性的功夫，不然，这种阴阳怪气的旅行，至少会有三天的闷闷不乐。

　　航船比"啕啕船"大得多，船身开阔，舱作方形，木制，不像"啕啕船"那样只用芦席。艄篷也宽大，雨落太阳晒，船夫都得到遮掩。头舱中舱是旅客的区域。头舱要盘膝而坐。中舱横搁着一条条长板，坐在板上，小腿可以垂直。但是中舱有的时候要装货，豆饼菜油之类装满在长板下面，旅客也只得搁起了腿坐了。窗是一块块的板，要开就得卸去，不卸就得关上。通常两旁各开一扇，所以坐在舱里那种气味未免有点儿难受。坐得无聊，如果回转头去看艄篷里那几个老头子摇船，就会觉得自己的无聊才真是无聊。他们一推一挽距离很小，仿佛全然不用力气，两只眼睛茫然望着岸边，这样地过了不知多少年月，把踏脚的板都踏出脚印来了，可是他们似乎没有什么无聊，每天还是走那老路，连一棵草一块石头都熟识了的路。两相比较，坐一趟船慢一点儿闷一点儿又算得什么。坐航船要快，只有巴望顺风。篷杆竖在头舱与中舱之间，一根又粗又长的木头。风篷极大，直拉到杆顶，有许多竹头横撑着，吃了风，巍然地推进，很有点儿气派。风最大的日子，苏州到甪直三点半钟就吹到了。但是旅客究竟是"反正总是一个到"主义者，虽然嘴里嚷着"今天难得"，另一方面却似乎嫌风太大船太快了，跨上岸去，脸上不免带点儿怅然的神色。遇到顶头逆风航船就停班，不像"啯啯船"那样无论如何总得用人力去拼。客人走到码头上，看见孤零零的一条船停在那里，半个人影儿也没有，知道是停班，就若无其事地回转身。风总有停的日子，那么航船总有开的日子。忙于寄信的我可不能这样安静，每逢校工把发出的信退回来，说今天航船不开，就得担受整天的不舒服。

到吴淞去

五月一日那一天，我们到吴淞去，为的是达夫的订婚。好久不得达夫的消息，不知道他恋爱的故事已经完成了。前几天接到一封从吴淞来的信，信封讲究极了，压印着非常致密的图案花框，拆开一看，原来是达夫邀我们去参与订婚茶会的请柬，这才代他感到成功的欣悦。"去！去！"我们相互邀约，带着青年的兴奋的心情。

没料到五月一日正是阴历的三月廿八。我们走到天通庵车站，看见站台上挤满了人，他们匆忙而起劲，显然在期待着盛大的欢快，问询之后才知因为是阴历三月廿八——各处乡镇迎神赛会的日子。其实迎神赛会可说是农民的假期，恩惠无比的休闲游散的日子。过了这一天，农事要忙起来了，农民再也没有整整地玩一天的余裕了，所以把这一天做个总结束，游乐一个畅，高兴一个畅。无名无目举行一个盛会自然是他们不以为然的，于是归属到神的身上去：拥着神像在路上跑，实际上他们得到了结队游行的欣快；供起神像请它看戏，实际上他们得到了艺术欣赏的满足；分神胙，受福祐，实际上他们得到了亲朋会宴男女杂席的佳趣。在我们看来，这等事情似乎未免愚蠢。但是在不曾获得替代者以前，我们相信这等事情是必要的。

站台上的人是等车向江湾去的，因为江湾有极盛的神会。那些人不是工人，便是商伙；当然，没事做的少爷少奶老爷太太们是爱凑热闹的，现在有这么一个机会，如其没有更为有趣的消遣，就也得有他们的一份。于是农民的快乐的日子也成为农民以外的人狂呼欢跃的日子了。他们的心一齐向南面望着，希望火车的踪影早一点显现，汽笛的音响早一点传送过来。

　　不知谁最先听到了，又不知怎样地一传告，全站台的人哄然喊起："来了……"我们退得后一点，互相传告说："等他们上了车我们再上。"因为我们买的是二等票。不一会儿，车到站了，还没有停妥，大众就什么也不顾地涌上去，顿时见得异样地纷乱。车厢中立刻塞满了人，站台上还有大部分人在那里乱挤。我们见等待未必有用，挣扎一番是难免的了，就也加入他们的群中。我的同伴居然挤上了头等车的脚踏——这时候真可比诸生死关头，只要有车，载得身体去，便无论如何要挤上去，还管什么拿的是几等票，上的是几等车。我有点儿着急，也想跟上去，却给成团结块的许多人一排挤，反而倒退了好几步。事情更不妙了，上不去车的人又来了一大群，大家见这头等车的门毕竟是上车的通道，便一齐向前挤。我就被困在中心了，力气小，不能向外展张，只好受人家的压迫；脚跟站不住了，前后左右只任别人的势力；汗早已渗出来了，呼吸也喘喘然了。好容易找到一个罅隙，我像囚犯一样逃出重围，退到群众的背后，才舒舒畅畅透了一口气。

　　车厢里真个满了，站台上还有好些人。站员没有法子，只好劝大家等下一趟车去，他预备扬起旗子，把口笛送进嘴里。我着急了,赶到他面前,把手中的车票给他看,说:"我还没有上去,请你想个法子。"他平淡地笑着答道:"实在没有位子,我也无法可想。"

我怅然回头,却看见车窗中露出的那些脸面,都现着快适且含有骄意的笑容。

我突地感觉自己的卑鄙,自己的无能,竟会做出这样的丑事。拿票子给站员看,请他想法子,不是心头蕴蓄着一句没有说出的话么?假若把它说出来,就是:"我买的二等票呢!我多出一倍的钱,总该给我一个座位!不管别人挤不挤得下。"这真是个要不得的卑鄙的念头,竟萌生于我的心胸!

要有个位子,最平常而最光明的办法就是往上挤。用的是自己的气力,占的是一个人的地位——一个人总该有一个地位,可说是天赋的权利。这是何等平常,然而何等光明:到了目的地,所领受的是满足希望的快感。车窗中露出的那些脸面都现着笑容,他们确然有笑的资格。不用气力,不往上挤,却想凭借旁的势力,如多出一倍的钱,如站员的设法而得到位子,如我所取的路径,那就只有被挤在后边,怅然看人家乘车而已。

将来的生活也应当是这样子:车辆固然希望它加多,而气力却必须各自出各自的,不出气力的人只配站到生活的道路的外边去。你若想凭借旁的势力,那时候旁的势力早化为幻影,至多平淡地笑着,对你说"我也无法可想"而已。我想,这样的生活才算公平。

以上只是我一瞬间的感想。一阵内愧过后,我醒悟了,除掉向上挤更无别法。这时候发现车员的公事房尚空,只站着十多个人，有好些人正向那边挤，我跑到那边用力顺着挤。

手握着把手的铁条了，脚踏着一级踏脚板了，更一努力，居然挤进了这公事房。于是我能到吴淞去参与达夫订婚的茶会了。

（1924年5月17日作）

牛

在乡下住的几年里，天天看见牛。可是直到现在还像显现在眼前的，只有牛的大眼睛。冬天，牛拴在门口晒太阳。它躺着，嘴不停地磋磨，眼睛就似乎比忙的时候睁得更大。牛眼睛好像白的成分多，那是惨白。我说它惨白，也许为了上面网着一条条血丝。我以为这两种颜色配合在一起，只能用死者的寂静配合着吊丧者的哭那样的情景来相模拟。牛的眼睛太大，又鼓得太高，简直到了使你害怕的程度。我进院子的时候经过牛身旁，总注意到牛鼓着的两只大眼睛在瞪着我。我禁不住想，它这样瞪着，瞪着，会猛地站起身朝我撞过来。我确实感到那眼光里含着恨。我也体会出它为什么这样瞪着我，总距离它远远地绕过去。有时候我留心看它将会有什么举动，可是只见它呆呆地瞪着，我觉得那眼睛里似乎还有别的使人看了不自在的意味。

我们院子里有好些小孩，活泼、天真，当然也顽皮。春天，他们扑蝴蝶。夏天，他们钓青蛙。谷子成熟的时候到处都有油蚱蜢，他们捉了来，在灶膛里煨了吃。冬天，什么小生物全不见了，他们就玩牛。

有好几回，我见牛让他们惹得发了脾气。它绕着拴住它的木桩子，一圈儿一圈儿地转；低着头，斜起角，眼睛打角底下瞪出来,就好像这一撞要把整个天地翻个身似的。

孩子们是这样玩的:他们一个个远远地站着,捡些石子朝牛扔去。起先,石子不怎么大,扔在牛身上,那一搭皮肤马上轻轻地抖一下,像我们的嘴角动一下似的。渐渐地,捡来的石子大起来了,扔到身上,牛会掉过头来瞪着你。要是有个孩子特别胆大,特别机灵,他会到竹园里找来一根毛竹,伸得远远地去撩牛的尾巴,戳牛的屁股,把牛惹起火来。可是,我从未见过他们撩牛的头。我想,即使是小孩,也能从那双大眼睛看出使人不自在的意味了。

玩到最后,牛站起来了,于是孩子们轰的一声,四处跑散。这种把戏,我看得很熟很熟了。

有一回,正巧一个长工打院子里出来,他三十光景了,还像孩子似的爱闹着玩。他一把捉住个孩子。"莫跑,"他说,"见了牛都要跑,改天还想吃庄稼饭?"他朝我笑笑说,"真的,牛不消怕得。你看它有那么大吗?它不会撞人的。牛的眼睛有点不同。"

以下是长工告诉我的话。

"比方说,我们看见这根木头桩子,牛眼睛看来就像一根撑天柱。比方说,一块田十多亩,牛眼睛看来就没有边,没有沿。牛眼睛看出来的东西,都比原来大,大许多许多。看我们人,就有四金刚那么高,那么大。站到我们跟前它就害怕了,它不敢倔强,随便拿它怎么样都不敢倔强。它当我们只要两个指头就能捻死它,抬一抬脚趾头就能踢它到半天云里,我们哈气就像下雨一样。那它就只有听我们使唤,天好,落雨,生田,熟田,我们要耕，它就只有耕，没得话说的。你先生说对不对，幸好牛有那么一双眼睛。不然的话，还让你使唤啊，那么大的一个，力气又蛮，踩到一脚就要痛上好几天。对了，我们跟牛，五个抵一个都抵不住。好在牛眼睛看出来，我们一个抵它十几个。"

以后，我进出院子的时候，总特意留心看牛的眼睛，我明白了另一种使人看着不自在的意味。那黄色的浑浊的瞳仁，那老是直视前方的眼光，都带着恐惧的神情，这使眼睛里的恨转成了哀怨。站在牛的立场上说，如果能去掉这双眼睛，成了瞎子也值得，因为得到自由了。

（1946年12月21日发表）

我的侄儿

我的侄儿，年纪三岁不足一个月，体重大，躯干大，与躯干比起来，脑袋尤其大。圆脸庞，不说夸张话，脸色真个像苹果那么红。一对大眼珠灵活、有神。

他发育比较迟，与我哥哥一个样。听母亲说，普通小孩子一岁过就能说话，十三四个月就能走路，他到十八个月才能扶着椅子移步，二十个月才能发个单音，算是开始说话。他走得迟，或许因为他的体重大，医生解释是少吃了钙质；他说得迟，或许因为他懒得学习，或者不需要学习，要什么吃啊玩的，像哑巴那样用手势和面部表情示意，就能满足他的要求了。

到现在，他的话还很简单，限于一个名词和一个动词，或者一个形容词；名词在前，动词或者形容词在后。如说"橘，剥""门，开""房房去""花，好""灯，亮"。

不知怎么的，他把肉叫作"傍傍"，并没有人教他，人家说肉，他硬是说"傍傍"。又不知怎么的，他知道碗里切成块切成丝的肉，就是挂在铺子里的半爿猪上割下来的，他看见铺子里的半爿猪就指着说"傍傍"，甚至看见活猪也指着说"傍傍"。有时候看见牛也说"傍傍"，大概是吃了牛肉的缘故。看见马他只说"马"，绝不说"傍傍"。

他识得茶,却把各种饭菜的汤也叫作茶。吃饭时候,他要泡些汤,就指着某一碗菜说:"茶,茶。"我们喝酒,问他是什么,他只说"酒",绝不说"茶"。

"冷"字的发音似乎不很难,可是他自己创造的说法,叫作"火没有"。他从火得到了热的感觉,又知道冷是热的反面,"火没有"就表示了冷,这大有"基本英语"的意味了。

我们说的话他大多能懂,有时候也学他的说法朝他说。阴历新年里买了个气球,玩了一会儿破了,对他叙述道:"气球,好,高高,啪,坏坏。"他笑了。

我们教他叫他的父亲"爹爹",他又听我们叫父亲"爹爹",于是父亲与祖父都叫"爹爹"。我们教他叫我们的母亲"阿婆",他又听我们叫祖母"阿婆",于是祖母与曾祖母都叫"阿婆"。我们纠正他,一个叫"爹爹",一个叫"阿爹",一个叫"阿婆",一个叫"太太",他照叫了,但是过了些时,他又用他的一律称呼了。为什么我们叫"爹爹""阿婆"的,他不能叫"爹爹""阿婆",这时候他还搅不清楚。

他看些图画本子,见有胡子的就是"阿爹"(那时候他不弄错了),见壮年男子就是"爹爹",见老妇人就是"阿婆",见壮年女子就是"妈",见打扮入时的女郎就是"嬢嬢"(姑母),见男孩子就是"哥哥",见女孩子就是"妹妹"。

他自称为"哥哥",同居人家的孩子比他小几个月,他叫他"弟弟";他认得清淡黄毛的鸡是我们的,叫作"哥哥鸡"。深黄毛的鸡是同居人家的,叫作"弟弟鸡"。凡是我们说话用"我"的地方,他一律用"哥哥"。称他说话的对手一律用称谓,如说

"妈，坐""阿婆，饭饭"之类，他还没有运用代名词的观念。

书上画着草地、花木、游人，他说是"公园"。画着汽车，他说"呜呜"。画着各种的花，他说是"花"，没有花的枝叶也是"花"。画着猪或牛，他说"傍傍"。临睡之前，早上醒来，他一定要把几本书翻过一回，嘴里咿咿呀呀唱些不成腔的调子。躺着看书据说是不好的习惯，以后总得把他改过来。

他喜欢央人为他画些什么，他有个专门说法，叫作"鸭鸡，画"。大概因为头一次画了鸭与鸡给他看之故。只要看开头几笔，一张尖嘴，他就认出是鸡；一张扁嘴，一个弯弯的项颈，他就认出是鸭。画个长脸，他说"马"，画个扁脸，他说"啊呜"（猫），不等你添上身体和四条腿。两条曲线凑在一起，一边儿现出鱼尾的形状，他就连声说"鱼，鱼"。方才画一朵花或是一条枝条，他就连声说"瓶，瓶"，意思是还得加上个瓶。无论圆瓶方瓶长颈瓶短颈瓶他都满意，足见他已经有了个瓶的概念。有时他要自己动手，说"哥哥，鸭鸡，画"，把笔抢在手里，涂满了一纸的黑杠子，就拿去给妈或是阿婆看了。

他已经能识数。要他数书上的人或物，数桌子上的茶杯，数停在路上的汽车，三数以内往往不错。他还不能说"一，二，三"，只能用手指头来比。看看所数的对象，又看看他自己伸直的手指头，两相符合了，就扬一扬手，表示这就是数目。

他的反应很敏捷，心思很精细。有一回电灯忽然熄了，点起蜡烛来，可是没有什么插的，他却从桌子肚里捡出个玻璃瓶来，正好插蜡烛。他见过一回祀先，供上祭菜，点起香烛，就取拜垫来大家跪拜；以后每回祀先，取拜垫成为他的职务，绝不忘了。

又有一回，他的母亲忽然肚子痛，痛得很厉害，大家忙着找一瓶麻醉剂，希望暂时止一止她的痛。大家也没有说药啊什么的，他却从形色上看出来了，就在抽屉里捡了一包咳嗽药送来。

他认得清各种的店铺。书店里陈列着书，皮鞋店里陈列着皮鞋，见什么说什么，当然很平常。可是茶叶店里的茶叶都藏在缸子里，他也说得出"茶"，不知怎么搞的。还有理发店的陈设各各不同，有讲究的，有简陋的，他进去过的只是中等的店铺。大概他已经抓住了一些要点，无论指哪一等的理发店问他，他总举手在头顶上作势，模仿理发的形状。还有西药铺和中药铺，问他都说"药"。两种铺子的陈设截然不同，我们又从来没买过中药，教自然有人教过他的，但是他不会把中药铺与陈设相似的纸铺缠错，这却奇了。

他看电影是最近几个月内的事，以前常想让他去尝试尝试，看他的反应如何，只因电影院里空气不好，又恐他没有耐性，说起了又延搁了。一天，他父亲带他去了，起初看见幕布上映得很大的人形，他有些害怕，看了些时，也就没有什么。头一回居然终局，一点二三十分的时间，注意力没有完全涣散；后来看了卡通片《白雪公主》，回来就学七个矮仙的走路模样，反剪了手，身子左一歪右一歪的。看了几回，他上瘾了，吃过午饭，就嚷"票票，电影"，意思是说带了钞票看电影去。母亲朝我们说："你们五六岁的时候闹着看电影，现在他胜过你们了，三岁还不到，就是'电影，电影'的。"她的话里含着不很赞成的意思。

最近二十几位作家举行《现代美术展览》，母亲嫂嫂带了他去，回来时他把画面上的东西，凡是说得来的一一说出来，很有兴味似的。美术展览的会所是美术协会，他认得那个门面了，现在每走过一趟，看见门开着，就要拉住他母亲进去看看。前天看的是什么人的书展，不知他看了那些楹联屏条，行书正楷，小头脑里想些什么。

他喜欢做事，派他做什么，常是高高兴兴的。每天三四回送报纸来，他抢着去接"报，报"，接着总是送到他祖父手里。他母亲洗衣服，他去取肥皂缸。他父亲脱皮鞋，他去取布面鞋。晒在阳光中的小东西他抢着收，还能辨别晾着的衣服干不干。他还懂得什么地方的东西归在什么地方。他似乎有一种性格，刻板，照旧样。一张广漆方凳是他进餐时的座位，他认定那方凳坐，不肯随便。

他已经有了一种习惯，买了什么吃的东西来，大家均分，他拿一份，不再想侵占人家的。有时派他去送，妈一份，阿婆一份……他"达达达"跑去送了，回来拿自家的一份。他与同居人家那孩子玩，起了争端的时候，那孩子就打他，用手指甲抓他，他却没有照样回敬过，他还没有这一种反应。前一种习惯当然是好的；后一种，从一方面说，也不能算坏。希望他永远保持，并且普及到种种行为方面。

他不能看人家表示憎厌的嘴脸。谁对他摆起那副嘴脸，他就转头不顾，仿佛没看见似的。当然，小嘴嘟起来了。如果拗了他的意，他就放声大哭，声音很洪亮。禁止他哭是无效的，有效的办法只有转移他的注意。突然间讲飞机怎么样，汽车怎么样，他噙着眼泪听，哭就止住了。脾气发得厉害，也有把手头的东西摔得一地的时候。好在我们难得拗他，故而他也难得哭，除了身子不好，气管炎发作的日子（他极容易发气管炎），他总是笑嘻嘻的。

我觉得他的资质很不坏，如果我们有耐性辅导他，又有了解儿童心理的素养，随时随地因势利导，使他往好的方面发展，前途一定未可限量。现在把他的琐屑记在这儿，待过了一年半载，再取出来比较，看他的进步如何。

（1945年6月1日发表）

桡夫子

川江里的船，多半用桡子。桡子安在船头上，左一支右一支地间隔着。平水里推起来，桡子不见怎么重。推桡子的往往慢条斯理地推着，为的路长，犯不着太上劲，也不该太上劲。据推桡子的说，到了逆势的急水里，桡子就重起来，有时候要上一百斤。这在别人也看得出来，推桡子的把桡子推得那么重，身子前俯后仰的程度加大了。过滩的时候，非使上全身的气力，桡子就推不动。水势是这样的，船的行势是那样的，水那股汹涌的力量全压在桡子上。推桡子的脚蹬着船板，嘴里喊着"咋咋——呵呵呵"，是这些沉重的声音在叫船前进呢。过了滩，推桡子的累了，就又慢条斯理的了。

这些推桡子的，大家管他们叫"桡夫子"。

好些童话里说到永远摇着船的摆渡人，他老在找个替手，从他手里把桨接过去；一摆脱桨，他就飞一样地跑了，再不回头看一看他那摇了那么久的船了。在木船上二十多天，我们天天看桡夫子们做活，不禁想起他们就是童话里说的摆渡人。天天是天刚亮他们就起来卷铺盖。天天是喊号子的一声"喔——喔嗷——嗷"，弟兄伙就动手推桡子。天天是推过平水上流水，推过流水又是平水。天天是逢峡过峡，逢滩过滩。天天是三餐干饭。天天是歇力的时候抽一杆旱烟。天天听喊号子的那样唱："哥弟伙，使力推，推上流水好松懈""弟兄伙，用力拖，拢到地头有老酒喝"。这样，天天赶拢一个码头。随后，他们喝酒，耍钱，末了在船头上把铺盖打开，就睡在桡子旁边。

那个烧饭的（烧饭的管做饭，看太平舱，是船上的总务，他的工钱比别的桡夫子多）跟我们说起过："到了汉口，随便啥子活路跟我说一个嘛，船上这个饭不好吃。"他说："岸上的活路没得这么'讨神'，一天三顿要做那么多人吃的，空下来还顶一根横桡，清早黑了又要看舱，是不是？船漏了是你的责任嘛。"他说："这么点儿钱，哪儿不挣了？"他年纪还轻，人很精灵，想要放下手里的桨，换个新活路。在他看来，除了自己手上的都蛮不错。

别的桡夫子们，有好几个已经三十多了。一个十六七岁的，上一代也吃船上饭，也是推桡子的。这些人却不想放下手里的桨，都是每天不声不响地提起桡子，按着节拍一下一下推着。他们拿该拿的钱，吃该吃的饭，做该做的活。推船跟干别的活无非为了挣钱，他们干这一行，就吃这一行饭，靠这一行吃饭，永远靠这一行吃饭。"钱是各人各自挣的嘛，做得到哪一门活路，吃得成哪一门饭，未必是说着耍的，随随便便就拿钱给你挣了！"他们这样说。

我们下来的时候，从重庆到宜昌推一趟，每人拿得到四五万元。

在船开动的前一天，就散了一些工资。这是给桡夫子们安家买"捎带"的。"捎带"各人各买，有买川连的，有买炭砖的，有买柴火的，也有买饭箕的。买了各自扛上船，老板有地方给他们安放。老板说："我不得亏待你们，总有钱给你们办'捎带'的。"桡夫子们说："牲钱（工资）拿来有屁用！不办点'捎带'，回来扯不成洋船票，还走不到路哪！"这些"捎带"有赚有蚀。听到底下哪门货色行市，他们就办哪门。也许这已经是几个月前的信息了，也许根本就没有这回事。不过他们总是高高兴兴地把"捎带"办了来，找个顶落位的地方放好，心里想，也许在这上头可以赚一笔大钱呢。

（1946年7月4日发表）

胡愈之先生的长处

胡愈之先生是我们《中学生杂志》的老朋友，从《中学生杂志》创刊到复刊，他一直给我们许多帮助，不但为我们写文字，还帮我们出主意，定规划。如今的新读者也许不很知道胡先生其人，可是从五年之前起往上溯，那时候的读者一定知道他。假如那时候的读者在《中学生杂志》以外还看旁的杂志，接触他的文字更多，那就不但知道他，并将永远地记住他了。

今年得到消息，说胡先生在南洋某地病故了。朋友们听了，都感到异样的怅惘，与他做朋友很少会是泛泛之交的。消息极简略，可是据说十之八九可靠。我们真个失掉了这位老朋友吗？于是大家作些文字来纪念他，汇刊在这儿，成个特辑。万一的希冀是"海外东坡"，死讯误传。如果我们有那么个幸运，等到与他重行晤面，这个特辑就是所谓"一死一生，乃见交情"的凭证，也颇有意义。

我不想在这儿说我与胡先生的私交，因为这在一般读者看来，没有多大关系。我只想说胡先生的自学精神。他没有在中学毕业，但他从职业中学习，从生活中学习，始终不懈，结果既博且通，为多数正途出身的人所不及。我们经常标榜自学，也许有人以为徒然说得好听，难收真实效果。但是我们可以坚决地说绝对不然，胡先生就是个最可凭信的实例。

我只想说胡先生的组织能力。他创设了许多团体，计划了许多杂志与书刊，理想不嫌其高远，而步骤务求其切实。他善于识别朋友的长处，加以运用与鼓励，使朋友人人尽其所长，把团体组织得很好，把杂志书刊办得很好。这种能力，在现代社会中是极端需要的，却又是一般人所极端缺乏的。章程议定，计划通过，招牌挂起，下文就没有了，是我们常见的事。但是我们深切地知道，要真个干一些事，非有胡先生那样的组织能力不可。

我只想说胡先生的博爱思想。我想这或许是从他学习世界语种下根的。世界语原来不仅是一种工具，其中还蕴蓄着人类爱的精神。后来他入世更深，知道普遍的人类爱还是未来的事；在当前，有所爱就不能不有所憎。爱的方面越真切，憎的方面也越深刻，深刻的憎正所以表现真切的爱，而表现的方式不限于用口用笔，尤其紧要的是用行为。在后半截的生涯中，他奔走各地，恓恓惶惶，计划这个，讨论那个，究竟何所为呢？为名吗？为利吗？都不是。无非实做"有所为"三个字而已。为什么要"有所为"？本于他那种博爱思想，只觉得非"有所为"不可而已。

我只想说胡先生的友爱情谊。这与前一点是关联的。朋友之可贵，不在聚集在一起吃点儿，喝点儿。一个人既要"有所为"，他知道无论什么事绝不是独个儿办得了的，必须与他人通力合作才成，那时候朋友就像自己的性命一样，友爱情谊自然而然深挚起来。近来有几位朋友与我谈起，朋辈之中，胡先生最笃于友谊，他关顾朋友甚于关顾他自己。在感叹家说起来，这是"古道"，如今不可多得了。其实这也是"新道"，唯有不"古"

不"新"的人物，才以为友谊是无足轻重的。

以上说了四点，自学精神，组织能力，博爱思想，友爱情谊，是胡先生的长处，我们一班朋友所公认的。关于这四点，都没有叙及具体事实，因为几位朋友的文字中都有叙及，不必重复了。

在纪念人物的文字中，有句老调，"我们要学某人的什么什么"。我不想学这句老调。我以为看了几篇纪念文字就会学起某人来，没有这么简单。"学"的因素很多，种种因素具备了才得完成个"学"字。不过，看了几篇纪念文字，在思想行为上发生或多或少的影响，如茅盾先生说的，受了那人物的感召力，是可能的。现在我们纪念胡先生——一位可敬的朋友，写了几篇纪念文字，这几篇文字如果能在读者的思想行为上发生若干影响，那就不是浪费笔墨，我们对于胡先生的怀念也可以稍稍发抒了。

（1945年7月1日发表）

夏丏尊先生

夏丏尊先生去世两周年了。编者屡次叮嘱我写些文字谈及他，用来贡献给《创世》的读者。传状人物不容易，传状知交尤其难。夏先生去世以后，我除了写过几句悼语以外没有写旁的文字，就是为此。现在却不过编者的厚意，勉强写一些，实在说不上传状，不过记下夏先生生平的一鳞一爪罢了。

夏先生名铸，字勉旃。改勉旃为丏尊，为避免当选的麻烦。那时浙江省有许多人想举他做省议员，他以为当那种省议员毫无意义，就在选民册上把"勉旃"改为声音相近的"丏尊"。这么一来，写选举票的都把"丏"字写成"丐"字，投他的票就全成为废票了。知道了他名字的来历，就可以明了他的为人。他始终无意于政治，生平没加入过政团或政党，只把教育认作他的终身事业。

他是浙江上虞人。祖上都是经商的，可以称得素封之家。到他祖父故世以后，家道渐渐中落。他从小就聪明，八股文作得很好，十六岁上做了县学生员，通常叫作秀才。那时正是变法维新的当儿，他知道作八股文没有出息，第二年就进了新式学校。后来又想到日本去留学，家里不能供给他费用，他只得向亲戚借了钱出去，到日本学的染织工业。不到两年，借来的钱用完了，只得停学回国。那时浙江两级师范请了日本教师，需要翻译人员，夏先生已经精通日语，就入校当翻译。这两级师范后来就改为浙江第一师范。他见到学生的国文程度不能有多大进步，以为这是国文教师不行之故，就自告奋勇，愿意充任国文教师。果然，一班学生经他指导，国文程度相当地提高了。他鼓励学生写作，向报纸杂志投稿，被发表的很多，学生的写作兴趣更加浓厚了。他又提倡思想自由，劝学生多看新书，不要死捧着几本课本了事。"五四"运动前后推动新思潮的，北方推北京大学，南方就数浙江一师。夏先生和刘大白、李次九、陈望道三位先生被称为浙江一师的"四大金刚"。因为这样，就引起了许多守旧分子的妒忌和反对。适逢一师的学生施存统(即施复亮先生)作了一篇《非孝论》，那些守旧分子就抓到了把柄，说一师学生思想过激到这般地步，都该由教师和校长负责。"四大金刚"和校长经子渊先生终于都离开了一师。

上虞有位富翁陈春兰先生，他私人捐资创办一所春晖小学，后来又扩充为中学，在上虞乡间白马湖地方新建校舍，罗致名师，规模相当宏大。那时就聘经先生当校长，聘夏先生为教师。夏先生觉得白马湖有山有水，清静空旷，环境很好，就在学校近旁造了一所平屋，想终老是乡。他还有一种想法，要把春晖办成全国的模范中学，召集多数学者，一面教育青年，一面研究学问，从事著作。每个教师的教授时间定得很少，薪水数目定得很低，用著作的稿费和版税作为生活费的补助。欣羡他这种理想的人一时很不少，因此大家都知道春晖中学是浙江的优良学校。后来因为经先生兴趣转变，从事政治活动，和他的意见不合，这就使他离开了春晖。

离开了春晖，他想自己办学校，自己办的学校可以实现自己的理想。他与同志匡互生、刘薰宇、周为群几位先生就在上海办起了立达学园。所有教职员全是同志，一致抱着献身教育的志愿。各人把能做的事尽力地做，把能教的课尽量地教，无所谓薪水，每人每月只取零用费二十块钱。为什么不称学校而称学园呢？他们的办法的确与他校不同，他们不管通常的学校规则，只重在启发思想，陶冶情感。学生譬如花木，学园就是他们的自由园地。学园最初租的市房，不久，他们尽力设法，在上海近郊江湾租了一块地，建筑起校舍来。后来又在南翔设置了一个农场，1932年"一·二八"以后，就全部被毁了。

立达当时一班同志都是穷朋友，二十块钱的零用是不够生活的，所以须在他校兼课，夜间还要写文稿，靠稿费做补贴。这是辛苦异常的生活，然而他们并不觉得辛苦，见到学生越来越多，学园越来越发达，个个都兴高采烈。

夏先生担任的是暨南大学的文学院长，又任开明书店《一般》杂志的编辑。他一个人住在上海，每天跑江湾，跑真茹（暨南大学），还要写杂志文稿，没有一刻的空闲。后来开明书店改为公司组织，他担任书店的编辑所长。这时他创办了《中学生杂志》。他认为一般中学都办得不得其法，学生太吃亏了，想凭这个杂志给他们一点真正的教育。他的大旨见于他的《受教育与受教材》一篇文字中。 学生在一般中学里，至多受到了某种学科的教材；但是受教材并不等于受教育，受教育的范围宽广多了。必须食而能化，举一反三，知识能力从而长进，思想情感从而升华，才是真正的受教育。但是一般中学没有给学生享受这种福利。他为了弥补这种缺憾，花了不少的心血编辑《中学生杂志》。每期都是自己拟定了题目，特约相当的人写文稿，务使面面顾到，绝不随便凑数，让杂志真成了"杂"志。他又修改投稿者的文稿，回各地读者的信。他总是站在投书人的地位，设身处地地替他们商量事情，解决疑难，态度是诚恳的，友谊的，从不板起面孔，说些照例的教训的话。

"八·一三"战事发生以后，开明同人大部分流迁到内地，在后方继续努力。夏先生一向怕出门，又加年老多病，不能离开上海。他就编写他的字典，同时在南屏女子中学担任国文教师。曾经被日本宪兵部抓去过一回，和章锡琛先生同难，关了十天才放出来。

我回到上海是1946年二月初，赶紧跑去看他，他卧病不出门已有两月了。他精神很颓唐，满腔郁愤，但是并不为了自己的什么事。最难忘的是他临终前一天向我说的那一句话，也就是我所听到的他的最后一句话——"胜利，到底啥人胜利？无从说起。"这句话抵得一篇悲天悯人的大文章。不应得到胜利的"胜利"了，应该得到胜利的"惨败"了，这是他临终抱恨的。但是，世界正在转变，应该得到胜利的总有胜利的一天，而且为期不会太远。到那时候，我们定须假定夏先生"灵而有知"，高高兴兴地告诉他一声。

(1948年5月1日发表)

佩弦的死讯

本月十日接到北平航空信,清华大学的信封,署个"朱"字,笔迹不是佩弦的,我心中就有了预感。拆开来一看,果然不是佩弦的信,是他的儿子乔森写的。说他爸爸在六日早上四点钟突然胃部剧痛,十点钟在北大医院已经不能动弹。下午两点在医院开刀,经过情形还好,可是三四天间是危险期。又说与我合编的国文教本最近大概不能编了,请我原谅。我就发个电报给北平的一位朋友,请他代往医院探望,并将所见电告。十一日《大公报》有一条电讯,说开割历五小时之久,又有肾脏炎的毛病,情形很严重。十二日下午,北平的朋友来了回电,说是未脱危险。看《新民晚报》,登载着一条电讯也说严重。到今天早上,预料而又怕看的一条消息果然在报上刊出了,佩弦已于昨日上午十一时后去世。

佩弦的胃病是老病,我说不大准确,拖了十五年左右。他的病时发时止,最近七八年间发得较频繁,而且每发必凶。实在是十二指肠溃疡,这是早已知道了的。有人劝他开割,他也想去开割,但是听医生说不开割也可以,就拖下来了。近两月间又发了几次,曾经写信来说拟停止合编教本的工作。我劝他且从事休养,编书的事将来再说。 后来他身体似见好转,很高兴地写信来说愿意继续合作。不料就在二十天之后他去世了，使我再没有与他合作的机会了。

他在昆明的几年太苦了。兼课，饮食不好，每天跑很远的路。暑假中回到成都算是舒服些。然而他责任心重，不肯请假，赶在开学以前就急急忙忙动身回校。回到北平以后也从未闲过，教课之余，写文字，编刊物，编《闻一多全集》，只有病发时候才躺下来。如果他能好好地休养，如果他早几年开割，到今天也许还是健康精壮的人。事务跟经济限制了他，使他不能好好地休养，使他直到体力消耗将尽的时候才去开割，于是他只能享有五十一岁的生命。

佩弦是个好人，凡是认识他，跟他有交谊的人都承认。他可不是"烂好人"，不是无可无不可，随俗依违的那一流。只要看他几年来对于一些看不顺眼的大事都站出来说话，就可以知道。他这样做，我确切地知道，不是讨好什么人，不存什么企图，只是行其心之所安。目前由于多所顾虑，有所见到而不愿宣露出来的人似乎很多，这就是不能行其心之所安，结果弄到经常的不安。经常的不安才有所谓"烦闷彷徨"，随时行其心之所安，又有什么"烦闷彷徨"呢？

他近年来很有顾影孑孑的心情，在几次来信中曾经提到。我想他未必如屈原所说的"恐修名之不立"（如果把"名"字作通常的"名誉"讲），却是恐怕自己的成绩太少，对于人群的贡献太不够的缘故。加上他的病，自己心中有数，就只盼望成绩多一点儿、好一点儿，能够工作就尽量工作。他实践他的意愿，不停地工作，直到本月六日最后一次发病为止。

我想人生不可解而可解，不可究诘而可究诘。离开了人的观点，或从天文学的观点，或从生物学的观点，人生只是宇宙大化中的一粒微尘而已。但是取了人的观点，就有了个范围，定了个趋向。既讲人，不能不求其进步，不能不求其好——物质方面跟精神方面都好，而且必须大家好，不能单让一部分人好，其他的人不好。这就产生了为大众服务，努力将自己的成绩贡献于大众的想头。个人的名利有什么可以追求的呢？唯有实实在在的成绩足以贡献给大众，在大众的海洋里加增一点一滴的，才是生命的真意义，才算没有虚度短短的几十年的寿命。我虽然没有跟佩弦谈过这一套近乎玄虚的话，可是我确知他带着病辛辛苦苦地工作着，是含有这个意思的。我说的也许太浅薄，但是绝不会牛头不对马嘴。

现在时髦的词儿中有一个叫"学习"。我想佩弦是时时在那里学习的，他对什么都虚心地问，都细心地研究，对方不论是谁，告诉他他都认认真真地听。举新诗研究为例。他是早期的新诗作者。新诗在二十几年间变了很多，大部分早期作者都掉头不顾了。独有佩弦，他一直留意新诗的发展，探询各方面的意见，揣摩各方面的意见，揣摩各种派别的作品，而且写了不少解析和介绍的文字。有一些一般人不认为诗的诗，他很平心地承认这也是诗，不过不是某些传统里所认为诗的诗。他肯定地说新诗有前途，那前途在于现代人有了新的生活。

说起生活，他也是经常在学习的。本月五日出版的《中建》北平版有《知识分子今天的任务》的座谈记录，他老老实实地说："现在我们过群众生活还过不来。这也不是理性上不愿意接受,理性上是知道该接受的,是习惯上变不过来。所以我对我的学生说,要教育我们得慢慢来。"这其间绝无虚矫之气,却表明他愿意接受学生的"教育",将习惯慢慢地变过来。向学生受教育,在权威主义的先生们看来是岂有此理的事。可是我确切相信,在生活实践方面,现代的青年实在比中年人、老年人进步了不少(糊里糊涂的青年人当然不在此例)。中年人、老年人要自己好,就得向青年人学习。

写实在写不出什么,平时的友情,今天的悲感,化为几句话都只是迹象而已,这有什么意义?编辑先生要我当天交稿,只能杂乱地写一些,不能表现出佩弦的若干分之一,很对不起他。

(1948 年 8 月 13 日作)

回忆瞿秋白先生

认识秋白先生大约在1922、1923年间，常在振铎兄的寓所里碰见。谈锋很健，方面很广，常有精辟的见解。我默默地坐在旁边听，领受新知异闻着实不少。他的身子不怎么好，瘦瘦的胳膊，细细的腰身，一望而知是肺病的型式。可是他似乎不甚措意这个。曾经到他顺泰里的寓所去过，看见桌上"拍勒托"跟白兰地的瓶子并排摆着，谈得有劲就斟一杯白兰地。

他离开了上海就没有再见着他，只从报上知道他的消息。后来他给《中学生》写过稿子，篇名现在记不起了，是从朋友手里辗转递来的，不知道他是不是秘密地住在上海。那稿子好像是斥责托洛斯基的。最后知道他被捕了，被杀了。直到今年碰见之华，之华告诉我秋白先生有一些材料，遗嘱说可以交给我，由我作小说。之华没有说明是什么样的材料，我也没有追问。我自己知道我作小说是不成的，先前胆大妄为，后来稍稍懂得其中的甘苦，就觉得见识跟功夫都够不上，再不敢胡乱欺人。因而听见有一些材料的话，也引不起姑且来试试的野心。

鲁迅先生编辑秋白先生的《海上述林》是大可令人感动的。搜集，编排，校对，装帧，一丝不苟，事事躬亲，这中间贯彻着超过寻常友谊的崇高精神。朋友们分到一部，读了秋白先生的大部分述作，也感染了这种崇高精神。鲁迅先生写赠秋白先生的集句对联道："人生得一知己足矣，斯世当以同怀视之。"这副对联挂在许广平先生上海寓所的客室里。每一次抬头观玩，就觉得他们两位精心研讨，唯愿文化普及而且提高的情景如在目前，自然使人志愿奋发，不敢贪懒。——可惜我的一部《海上述林》在抗战期间给人拿走了。

《乱弹及其他》还是最近才借到的，翻过一下，没有细看，这中间谈到拼音文字的问题，写作上运用语言的问题。中国文字拉丁化的字母是秋白先生选定的。写作上运用的语言，在白话文运动当时没有详细研讨，大家各随其便，保持文言的语汇跟句式，仿效欧洲的语汇跟句式，只不过换上些"的了吗呢"，结果成了一种能看而不便说不便听的语言，跟文言一样。没有想到改革应该改换个源头，文言的源头在目，改换过来就得在口在耳，才能够切合当前的生活，表达现代的心声。到如今，不满意白话文的人多起来了，要写俗话，要写工农大众的语言。如果推究关心这个问题谁最早，就要数秋白先生了。

他的全集必须好好地编，分类要分得精密，排次要按时期先后，校对要像鲁迅先生那样认真，还要有翔实的传记或者年谱。

子恺的画

推算起来大概是1925年的秋天,那时子恺在立达学园教西洋绘画,住在江湾。那一天振铎和愈之拉我到他家里去看他新画的画。

画都没有装裱,用图钉别在墙壁上,一幅挨一幅的,布满了客堂的三面墙壁。这是个相当简陋而又非常丰富的个人画展。

有许多幅,画题是一句诗或者一句词,像《卧看牵牛织女星》《翠拂行人首》《无言独上西楼》等等。有两幅,我至今还如在眼前。一幅是《今夜故人来不来,教人立尽梧桐影》。画面上有梧桐,有站在树下的人,耐人寻味的是斜拖在地上的长长的影子。另一幅是《人散后,一钩新月天如水》。画的是廊下栏杆旁的一张桌子,桌子上凌乱地放着茶壶茶杯。帘子卷着,天上只有一弯新月。夜深了,夜气凉了,乘凉聊天的人散了——画面表现的正是这些画不出来的情景。

此外的许多幅都是从现实生活中取材的,画孩子的特别多。记得有一幅《阿宝赤膊》,两条胳膊交叉护在胸前,只这么几笔,就把小女孩的不必要的娇羞表现出来了。还有一幅《花生米不满足》,后来佩弦谈起过,说看了那孩子争多嫌少的神气,使他想起了"悬赖的儿时"。其实描写出内心的"不满足"的,也只是眼睛眉毛寥寥的几笔。

此外还有些什么，我记不清了；当时看画的还有谁，也记不清了。大家看着墙壁上的画说各自的看法，有时也发生一些争辩。子恺谢世后我写过一首怀念他的诗，有一句"漫画初探招共酎"，记的就是那一天的事。"共酎"是共同斟酌研讨，并不是说在子恺家里喝了酒。总之，大家都赞赏子恺的画，并且怂恿他选出一部分来印一册画集，那就是1925年底出版的《子恺漫画》。

那一天的欢愉是永远值得怀念的。子恺的画开辟了一个新的境界，给了我一种不曾有过的乐趣。这种乐趣超越了形似和神似的鉴赏，而达到相与会心的感受。就拿以诗句为题材的画来说吧，以前读这首诗这阕词的时候，心中也曾泛起过一个朦胧的意境，正是子恺的画笔所抓住的。而在他，不是什么朦胧的了，他已经用极其简练的笔墨，把那个意境表现在他的画幅上了。

从现实生活中取材的那些画，同样引起我的共鸣。有些事物我也曾注意过，可是转眼就忘记了；有些想法我也曾产生过，可是一会儿就丢开，不再去揣摩了。子恺却有非凡的能力把瞬间的感受抓住，经过提炼深化，把它永远保留在画幅上，使我看了不得不引起深思。

隔了一年多，子恺的第二本画集出版了，书名直截了当，就叫《子恺画集》。记得这第二本全都从现实生活取材，不再有诗句词句的题材了。当时我想过，这样也好，诗词是古代人写的，画得再好，终究是古代人的思想感情。"旧瓶"固然可以"装新酒"，那可不是容易的事，弄得不好就会落入旧的窠臼。现实生活中可画的题材多得很，尤其是子恺，他非常善于抓住瞬间的感受，正该从这方面舒展他的才能。

佩弦的意见跟我差不多，他在《子恺画集》的跋文中说："本集索性专载生活的速写，却觉精彩更多。"他称赞的《瞻瞻的车》和《阿宝两只脚，凳子四只脚》，这几幅都是我非常喜欢的。还有佩弦提到的《东洋和西洋》和《教育》，我也认为非常有意思。《东洋和西洋》画一个大出丧的行列，开路的扛着"肃静""回避"的行牌，来到十字路口，让指挥交通的印度巡捕给拦住，横路上正有汽车开过——东方的和西方的，封建的和殖民地的，在十字路口碰头，真是耐人深思的一瞬间啊！《教育》画的是一个工匠在做泥人，他板着脸，把一团一团泥使劲往模子里按，按出来的是一式一样的泥人。是不是还有人在认真地做这个工匠那样的工作呢？直到现在，还值得我们深刻反省。

第二本画集里还有好些幅工整的钢笔画。其中的《挑荠菜》《断线鹞》《卖花女》，曾经引起当时在北京的佩弦对江南的怀念。我想，要是我再看这些幅画，一定会像佩弦一样怀念起江南、怀念起儿时来。扉页上还有一幅钢笔画，画一个蜘蛛网，粘着许多花瓣儿，中央却坐着一个人。扉页背面印上了两句古人的词："檐外蛛丝网落花，也要留春住。"这样看来，蜘蛛网中央的人就是子恺自己了。他大概要说明，他画这些画，无非为了留住一些刹那间的感受。我连带想到，近来受了各方面的督促，常常要写些回忆老朋友的诗文，这就有点儿像子恺画在蜘蛛网中央的那个人了。

(1981年3月2日作)

纪念雁冰兄

雁冰兄五十初度的时候，我写过一篇文字，谈他的文学工作。现在纪念他诞生九十周年，我在病中，心思迟钝，想不出什么新的话，只好重述那篇文字中的两点意思。

第一点，雁冰兄是自学成功的人。20世纪20年代初，他在商务印书馆任事，编辑工作不仅是他的职业，也是他磨炼自己的课程。他专心阅读外国文艺书刊，注意思潮和流派，选择内容和风格都有特点的作品翻译出来，后来编成的《雪人》《桃园》等集子，大家都认为是最好的选集。他把许多书堆在床头，还有纸和笔，半夜醒来想起什么，就捻亮电灯阅读，如有所得赶紧用笔记在纸片上，唯恐遗忘。当时我听说他有这样的习惯，非常钦服，我从来没有这样勤奋过。

第二点，雁冰兄作小说，一向先定计划，绝不信笔直书，写到哪里算哪里。计划不只藏在他的胸中，还要写在纸上，而且不是个简单的纲要，竟是细磨细琢的详尽的记录。我有这么个印象，他写《子夜》是兼具文艺家搞创作和科学家写论文的精神的。对于那些自认为创作全凭才气的人们来说，我想，雁冰兄的创作态度很值得供他们作比照。

纪念老朋友，无非把旧话重说一遍。但愿这两点意思不是毫无用处的废话。

(1986 年 6 月 22 日)

悼丁玲

丁玲也去了,老朋友又少了一位。她跟我相识快六十年了,可是离多聚少,不通音信的日子倒占了一大半。一九二七年,我代振铎兄编《小说月报》,她是投稿人,住在北平,先通信往来;第二年到了上海,我才见到她,跟胡也频几乎形影不离。他们有时到我家里来,有时在朋友们的聚会上见面,那年秋天还一同去海宁观潮。一九三一年一月,胡也频被捕,丁玲到开明书店找我和朋友们设法营救。大家都同情这一对青年人,想了些办法,都没有效,胡也频不久就被反动派杀害了。两年以后,一九三三年五月,丁玲被捕了,我和朋友们又设法营救,可是杳无消息,大家以为她跟胡也频一样,也遭到了残害。到抗日战争后期,我才听说丁玲在延安,真个喜出望外。

再见面是1949年,我到北平以后。相隔十六个年头,她还是老样子,热情,健谈,只是服装改了,穿的灰布解放装,先前在上海,经常穿的西式裙子。建国之初大家都忙,几乎只能在会场上相见,互通消息得靠报纸。我知道她的《太阳照在桑干河上》得了奖,知道她办文学讲习所很卖力气。没想到一九五七年夏天,所有的日报都以头版头条刊出了那则吓人的新闻,"反党"哩,罪名可不小,紧接着是连篇累牍的揭发批判文章。丁玲是那样一个人吗？她为什么要那样做呢？读着报纸，我不由得心里发愣。从那以后，足足又二十二个年头，我没见着丁玲。

再相见是一九七九年夏天，她从山西迁回北京之后。那一天，她跟陈明一同来看我。突然见到她，我真个又惊又喜。人当然老了，鬓边有了白发，还是热情，健谈。二十二年的往事，记不清是从哪儿说起的，拉拉杂杂，没有个头绪，总之问题大部分解决了，留下的正在解决。忽然她说：当初要不是我发表了她的小说，她可能不会走上文学这条道路。我不同意这句话，走上文学道路是她自己的选择，也是她自己努力的结果。可是我理解，她并无埋怨的意思，只是表明她虽然经受了非同寻常的折磨，却毫不反悔，而且打算在这条路上继续下去。

近几年来我身体不好，经常住医院，丁玲探望过我好几回，每回都带了花来。年前听说她病了，进了另一家医院，我没法去探望她，想不到就此永别了。她跟我说过想写《太阳照在桑干河上》的续集。此外总还有什么别的计划吧？要是让她多活几年，或者在过去，就让她多写个十来年，那该多好呀！——我这样想。

（1987 年 3 月 6 日作）

游记篇
记金华的两个岩洞·登雁塔

记金华的两个岩洞

今年四月十四日，我在浙江金华，游北山的两个岩洞，双龙洞和冰壶洞。洞有三个，最高的一个叫朝真洞，洞中泉流跟冰壶、双龙上下相贯通，我因为足力不济，没有到。

出金华城大约五公里到罗甸。那里的农业社兼种花，种的是茉莉、白兰、珠兰之类，跟我们苏州虎丘一带相类，但是种花的规模不及虎丘大。又种佛手，那是虎丘所没有的。据说佛手要那里的土培植，要双龙泉水灌溉，才长得好，如果移到别处，结成的佛手就像拳头那么一个，没有长长的指头，不成其为"手"了。

过了罗甸就渐渐入山。公路盘曲而上，工人正在填石培土，为巩固路面加工。山上几乎开满映山红，比较盆栽的杜鹃，无论花朵和叶子，都显得特别有精神。油桐也正开花，这儿一丛，那儿一簇，很不少。我起初以为是梨花，后来认叶子，才知道不是。丛山之中有几脉，山上砂土作粉红色，在他处似乎没有见过。粉红色的山，各色的映山红，再加上或深或淡的新绿，眼前一片明艳。

一路迎着溪流。随着山势，溪流时而宽，时而窄，时而缓，时而急，溪声也时时变换调子。入山大约五公里就到双龙洞口，那溪流就是从洞里出来的。

在洞口抬头望，山相当高，突兀森郁，很有气势。洞口像桥洞似的作穹形，很宽。走进去，仿佛到了个大会堂，周围是石壁，头上是高高的石顶，在那里聚集一千或是八百人开个会，一定不觉得拥挤。泉水靠着洞口的右边往外流。这是外洞，因为那边还有个洞口，洞中光线明亮。

在外洞找泉水的来路，原来从靠左边的石壁下方的孔隙流出。虽说是孔隙，可也容得下一只小船进出。怎样小的小船呢？两个人并排仰卧，刚合适，再没法容第三个人，是这样小的小船。船两头都系着绳子，管理处的工友先进内洞，在里边拉绳子，船就进去，在外洞的工友拉另一头的绳子，船就出来。我怀着好奇的心情独个儿仰卧在小船里，遵照人家的嘱咐，自以为从后脑到肩背，到臀部，到脚跟，没一处不贴着船底了，才说一声"行了"，船就慢慢移动。眼前昏暗了，可是还能感觉左右和上方的山石似乎都在朝我挤压过来。我又感觉要是把头稍微抬起一点儿，准会撞破了额角，擦伤了鼻子。大约行了二三丈的水程吧（实在也说不准确），就登陆了，那就到了内洞。要不是工友提着汽油灯，内洞真是一团漆黑，什么都看不见。即使有了汽油灯，还只能照见小小的一搭地方，余外全是昏暗，不知道有多么宽广。工友以导游者的身份，高高举起汽油灯，逐一指点内洞的景物。首先当然是蜿蜒在洞顶的双龙，一条黄龙，一条青龙。我顺着他的指点看，有点儿像。其次是些石钟乳和石笋，这是什么，那是什么，大都依据形状想象成仙家、动物以及宫室、器用，名目有四十多。这是各处岩洞的通例，凡是岩洞都有相类的名目。

我不感兴趣,虽然听了,一个也没有记住。

有岩洞的山大多是石灰岩。石灰岩经地下水长时期的浸蚀,形成岩洞。地下水含有碳酸,石灰岩是碳酸钙,碳酸钙遇着水里的碳酸,就成酸性碳酸钙。酸性碳酸钙是溶解于水的,这是岩洞形成和逐渐扩大的缘故。水渐渐干的时候,其中碳酸分解成水和二氧化碳气跑走,剩下的又是固体的碳酸钙。从洞顶下垂,凝成固体的,就是石钟乳,点滴积累,凝结在洞底的,就是石笋,道理是一样的。唯其如此,凝成的形状变化多端,再加上颜色各异,即使不比作什么什么,也就值得观赏。

在洞里走了一转,觉得内洞比外洞大得多,大概有十来进房子那么大。泉水靠着右边缓缓地流,声音轻轻的。上源在深黑的石洞里。

查《徐霞客游记》,霞客在崇祯九年(1636年)十月初十日游三洞。郁达夫也到过,查他的游记,是一九三三年十一月十二日。达夫游记说内洞石壁上"唐宋人的题名石刻很多,我所见到的,以庆历四年的刻石为最古。……清人题壁,则自乾隆以后绝对没有了,盖因这里洞,自那时候起,为泥沙淤塞了的缘故"。达夫去的时候,北山才经整理,旧洞新辟。到现在又是二十多年了,最近北山再经整理,公路修起来了,休憩茶饭的所在布置起来了,外洞内洞收拾得干干净净。我去的那一天是星期日,游人很不少,工人、农民、干部、学生都有,外洞内洞闹哄哄的,要上小船得排队等候好一会儿。这种景象,莫说徐霞客,假如达夫还在人世,也一定会说二十年前绝想不到。

我排队等候,又仰卧在小船里,出了洞。在外洞前边休息了一会儿，就往冰壶洞。根据刚才的经验，知道洞里潮湿，穿布鞋非但容易湿透，而且把不稳脚。我就买一双草鞋，套在布鞋上。

从双龙洞到冰壶洞有石级。平时没有锻炼，爬了三五十级就气呼呼的，两条腿一步重一步了，两旁的树木山石也无心看了。爬爬歇歇直到冰壶洞口，也没有数一共多少级，大概有三四百级吧。洞口不过小县城的城门那么大，进了洞就得往下走。沿着石壁凿成石级，一边架设木栏杆以防跌下去，跌下去可真不是玩儿的。工友提着汽油灯在前边引导，我留心脚下，踩稳一脚再挪动一脚，觉得往下走也不比向上爬轻松。

忽然听见水声了，再往下没有多少步，声音就非常大，好像整个洞里充满了轰轰的声音，真有逼人的气势，就看见一挂瀑布从石隙吐出来，吐出来的地方石势突出，所以瀑布全部悬空，上狭下宽，高大约十丈。身在一个不知道多么大的岩洞里，凭汽油灯的光平视这飞珠溅玉的形象，耳朵里只听见它的轰轰，脸上手上一阵阵地沾着飞来的细水滴，这是平生从未经历的境界，当时的感受实在难以描述。

再往下走几十级，瀑布就在我们上头，要抬头看了。这时候看见一幅奇景，好像天蒙蒙亮的辰光正下急雨，千万支银箭直射而下，天边还留着几点残星。这个比拟是工友说给我听的，听了他说的，抬头看瀑布，越看越有意味。这个比拟比较把石钟乳比作狮子和象之类，意境高得多了。

在那个位置上仰望，瀑布正承着洞口射进来的光，所以不须照灯，通体雪亮，所谓残星，其实是白色石钟乳的反光。

这个瀑布不像一般瀑布，底下没有潭，落到洞底就成伏流，是双龙洞泉水的上源。

  现在把徐霞客记冰壶洞的文句抄在这里,以供参证。"洞门仰如张吻。先投杖垂炬而下,滚滚不见其底。乃攀隙倚空入。忽闻水声轰轰,秉炬从之,则洞之中央,一瀑从空下坠,冰花玉屑,从黑暗处耀成洁彩。水穴石中,莫稔所去。乃依炬四穷,其深陷逾朝真,而屈曲少逊。"

(1957 年 10 月 25 日)

游了三个湖

　　这回到南方去，游了三个湖。在南京，游玄武湖，到了无锡，当然要望望太湖，到了杭州，不用说，四天的盘桓离不了西湖。我跟这三个湖都不是初相识，跟西湖尤其熟，可是这回只是浮光掠影地看看，写不成名副其实的游记，只能随便谈一点儿。

　　首先要说的，玄武湖和西湖都疏浚了。西湖的疏浚工程，做的五年的计划，今年四月初开头，听说要争取三年完成，每天挖泥船轧轧轧地响着，连在链条上的兜儿一兜兜地把长远沉在湖底里的黑泥挖起来。玄武湖要疏浚，为的是恢复湖面的面积，湖面原先让淤泥和湖草占去太多了。湖面宽了，游人划船才觉得舒畅，望出去心里也开朗。又可以增多鱼产。湖水宽广，鱼自然长得多了。西湖要疏浚，主要为的是调节杭州城的气候。杭州城到夏天，热得相当厉害，西湖的水深了，多蓄一点儿热，岸上就可以少热一点儿。这些个都是顾到居民的利益。顾到居民的利益，在从前，哪儿有这回事？只有现在的政权，人民自己的政权，才当作头等重要的事儿，在不妨碍国家社会主义工业化的前提之下，非尽可能来办不可。听说，玄武湖平均挖深半公尺以上，西湖准备平均挖深一公尺。

　　其次要说的，三个湖上都建立了疗养院——工人疗养院或者机关干部疗养院。玄武湖的翠洲有一所工人疗养院，太湖、西湖边上到底有几所疗养院，我也说不清。我只访问了太湖边中犊山的工人疗养院。在从前，卖力气淌汗水的工人哪有疗养的份儿？害了病还不是咬紧牙关带病做活，直到真个挣扎不了，跟工作、生命一齐分手？至于休养，那更是做梦也想不到的事儿，休养等于放下手里的活闲着，放下手里的活闲着，不是连吃不饱肚子的一口饭也没有着落了吗？只有现在这时代，人民当了家，知道珍爱创造种种财富的伙伴，才要他们疗养，而且在风景挺好、气候挺适宜的所在给他们建立疗养院。以前人有句诗道，"天下名山僧占多"。咱们可以套用这一句的意思说，目前虽然还没做到，往后一定会做到，凡是风景挺好、气候挺适宜的所在，疗养院全得占。僧占名山该不该，固然是个问题，疗养院占好所在，那可绝对地该。

又其次要说的，在这三个湖边上走走，到处都显得整洁。花草栽得整齐，树木经过修剪，大道小道全扫得干干净净，在最容易忽略的犄角里或者屋背后也没有一点儿垃圾。这不只是三个湖边这样，可以说哪儿都一样。北京的中山公园、北海公园不是这样吗？撇开园林、风景区不说，咱们所到的地方虽然不一定栽花草，种树木，不是也都干干净净，叫你剥个橘子吃也不好意思把橘皮随便往地上扔吗？就一方面看，整洁是普遍现象，不足为奇。就另一方面看，可就大大值得注意。做到那样整洁绝不是少数几个人的事儿。固然，管事的人如栽花的，修树的，扫地的，他们的勤劳不能缺少，整洁是他们的功绩。可是，保持他们的功绩，不让他们的功绩一会儿改了样，那就大家有份，凡是在那里、到那里的人都有份。你栽得整齐，我随便乱踩，不就改了样吗？你扫得干净，我嗑瓜子乱吐瓜子皮，不就改了样吗？必须大家不那么乱来，才能保持经常的整洁。解放以来属于移风易俗的事项很不少，我想，这该是其中的一项。回想过去时代，凡是游览地方、公共场所，往往一片凌乱，一团肮脏，那种情形永远过去了，咱们从"爱护公共财物"的公德出发，已经养成了到哪儿都保持整洁的习惯。

现在谈谈这回游览的印象。

出玄武门，走了一段堤岸，在岸左边上小划子。那是上午九点光景，一带城墙受着晴光，在湖面和蓝天之间划一道界限。我忽然想起四十多年前头一次游西湖，那时候杭州靠西湖的城墙还没拆，在西湖里朝东看，正像在玄武湖里朝西看一样，一带城墙分开湖和天。当初筑城墙当然为的防御，可是就靠城的湖来说，城墙好比园林里的回廊，起掩蔽的作用。回廊那一边的种种好景致，亭台楼馆，花坞假山，游人全看过了，从回廊的月洞门走出来，瞧见前面别有一番境界，禁不住喊一声"妙"，游兴益发旺盛起来。再就回廊这一边说，把这一边、那一边的景致合在一块儿看也许太繁复了，有一道回廊隔着，让一部分景致留在想象之中，才见得繁简适当，可以从容应接。这是园林里修回廊的妙用。湖边的城墙几乎跟回廊完全相仿。所以西湖边的城墙要是不拆，游人无论从湖上看东岸或是从城里出来看湖上，就会感觉另外一种味道，跟现在感觉的大不相同。我也不是说西湖边的城墙拆坏了。湖滨一并排是第一公园至第六公园，公园东面隔着马路，一带相当齐整的市房，这看起来虽然繁复些儿，可是照构图的道理说，还成个整体，不致流于琐碎，因而并不伤美。再说，成个整体也就起回廊的作用。然而玄武湖边的城墙，要是有人主张把它拆了，我就不赞成。不知道为什么，我总觉得那城墙的线条，那城墙的色泽，跟玄武湖的湖光、紫金山复舟山的山色配合在一起，非常调和，看来挺舒服，换个样儿就不够味儿了。

这回望太湖，在无锡鼋头渚，又在鼋头渚附近的湖面上打了个转，坐的小汽轮。鼋头渚在太湖的北边，是突出湖面的一些岩石，布置着曲径蹬道，回廊荷池，丛林花圃，亭榭楼馆，还有两座小小的僧院。整个鼋头渚就是个园林，可是比一般园林自然得多，何况又有浩渺无际的太湖做它的前景。在沿湖的石上坐下，听湖波拍岸，挺单调，可是有韵律，仿佛觉得这就是所谓静趣。南望马迹山，只像山水画上用不太淡的墨水涂上的一抹。我小时候，苏州城里卖芋头的往往喊"马迹山芋艿"。抗日战争时期，马迹山是游击队的根据地。向来说太湖七十二峰，据说实际不止此数。多数山峰比马迹山更淡，像是画家蘸着淡墨水在纸面上带这么一笔而已。至于我从前到过的满山果园的东山，石势雄奇的西山，都在湖的南半部，全不见一丝影儿。太湖上渔民很多，可是湖面太宽阔了，渔船并不多见，只见鼋头渚的左前方停着五六只。风轻轻地吹动桅杆上的绳索，此外别无动静。大概这不是适宜打鱼的时候。太阳渐渐升高，照得湖面一片银亮。碧蓝的天空中飘着几朵若有若无的薄云。要是天气不好，风急浪涌，就会是一幅完全不同的景色。从前人描写洞庭湖、鄱阳湖，往往就不同的气候、时令着笔，反映出外界现象跟主观情绪的关系。画家也一样，风雨晦明，云霞出没，都要研究那光和影的变化，凭画笔描绘下来，从这里头就表达出自己的情感。在太湖边作较长时期的流连，即使不写什么文章，不画什么画，精神上一定会得到若干无形的补益。可惜我来也匆匆，去也匆匆，只能有两三个钟头的勾留。

刚看过太湖，再来看西湖，就有这么个感觉，西湖不免小了些儿，什么东西都挨得近了些儿。从这一边看那一边，岸滩、房屋、林木，全都清清楚楚，没有太湖那种开阔浩渺的感觉。除了湖东岸没有山，三面的山全像是直站到湖边，又没有衬托在背后的远山。于是来了个总的印象：西湖仿佛是盆景。换句话说，有点儿小摆设的味道。这不是给西湖下贬辞，只是直说这回的感觉罢了。而且盆景也不坏，只要布局得宜。再说，从稍微远一点儿的地点看全局，才觉得像个盆景，要是身在湖上或是湖边的某一个所在，咱们就成了盆景里的小泥人儿，也就没有像个盆景的感觉了。

湖上那些旧游之地都去看看，像学生温习旧课似的。最感觉舒坦的是苏堤。堤岸正在加宽，拿挖起来的泥壅一点儿在那儿，巩固沿岸的树根。树栽成四行，每边两行，是柳树、槐树、法国梧桐之类，中间一条宽阔的马路。妙在四行树接叶交柯，把苏堤笼成一条绿荫掩盖的巷子，掩盖而绝不叫人觉得气闷，外湖和里湖从错落有致的枝叶间望去，似乎时时在变换样儿。在这条绿荫的巷子里骑自行车该是一种愉快。散步当然也挺适合，不论是独个儿、少数几个人还是成群结队。以前好多回经过苏堤，似乎都不如这一回，这一回所以觉得好，就在乎树补齐了而且长大了。

灵隐也去了。四十多年前头一回到灵隐就觉得那里可爱，以后每到一回杭州总得去灵隐，一直保持着对那里的好感。一进山门就望见对面的飞来峰，走到峰下向右拐弯，通过春淙亭，佳境就在眼前展开。左边是飞来峰的侧面，不说那些就山石雕成的佛像，就连那山石的凹凸、俯仰、向背，也似乎全是名手雕出来的。石缝里长出些高高矮矮的树木，苍翠，茂密，姿态不一，又给山石添上点缀。沿峰脚是一道泉流，从西往东，水大时候急急忙忙，水小时候从从容容，泉声就有宏细疾徐的分别。道跟泉流平行。道左边先是壑雷亭，后是冷泉亭，在亭子里坐，抬头可看飞来峰，低头可以看冷泉。道右边是灵隐寺的围墙，淡黄颜色。道上多的是大树，又大又高，说"参天"当然嫌夸张，可真做到了"荫天蔽日"。暑天到那里，不用说，顿觉清凉，就是旁的时候去，也会感觉"身在画图中"，自己跟周围的环境融和一气，挺心旷神怡的。灵隐的可爱，我以为就在这个地方。道上走走，亭子里坐坐，看看山石，听听泉声，够了，享受了灵隐了。寺里头去不去，那倒无关紧要。

　　这回在灵隐道上大树下走，又想起常常想起的那个意思。我想，无论什么地方，尤其在风景区，高大的树是宝贝。除了地理学、卫生学方面的好处而外，高大的树又是观赏的对象，引起人们的喜悦不比一丛牡丹、一池荷花差，有时还要胜过几分。树冠和枝干的姿态，这些姿态所表现的性格，往往很耐人寻味。辨出意味来的时候，咱们或者说它"如画"，或者说它"入画"，这等于说它差不多是美术家的创作。高大的树不一定都"如画""入画"，可是可以修剪，从审美观点来斟酌。一般大树不比那些灌木和果树，经过人工修剪的不多，风吹断了枝，虫蛀坏了干，倒是常有的事，那是自然的修剪，未必合乎审美观点。我的意思，风景区的大树得请美术家鉴定，哪些不用修剪，哪些应该修剪。凡是应该修剪的，动手的时候要遵从美术家的指点，唯有美术家才能就树的本身看，就树跟环境的照应配合看，决定怎么样叫它"如画""入画"。我把这个意思写在这里，希望风景区的管理机关考虑，也希望美术家注意。我总觉得美术家为满足人民文化生活的要求，不但要在画幅上用功，还得扩大范围，对生活环境的布置安排也费一份心思，加入一份劳力，让环境跟画幅上的创作同样地美——这里说的修剪大树就是其中一个项目。

（1954年12月18日）

黄山三天

我游黄山只有三天，真用得上"窥豹一斑"那个成语。可是我还是要写这篇简略的游记，目的在劝人家去游。有心研究植物的可以去。我虽然说不清楚，可是知道植物种类一定很多。山高将近两千公尺，从下层到最高处该可以把植物分成几个主要的族类来研究。研究地质矿石的也可以去。谁要是喜欢爬山翻岭，锻炼体力和意志，那么黄山真是个理想的地方。那么多的山峰尽够你爬的，有几处相当险，需要你付出十二分的小心，满身的大汗。可是你也随时得到报酬，站在一个新的地点，先前见过的那些山峰又有新的姿态了。就说不为以上说的那些目的，光到那里去看看大自然，山啊，云啊，树木啊，流泉啊，也可以开开眼界，宽宽胸襟，未尝没有好处。

从杭州依杭徽公路到黄山大约三百公里。公共汽车可以到黄山南边脚下的汤口，小包车可以再上去一点儿，到温泉。温泉那里有旅馆。山上靠北边的狮子林那里也有旅馆。山上中部偏南的文殊院原来可以留宿，1952年烧毁了，现在就文殊院原址建筑旅馆，年内可以完工。住狮子林便于游黄山的北部和西部，住文殊院便于游中部，主要是天都峰和莲花峰。

上山下山的路上全都铺石级，宽的五六尺，窄的不到三尺。

路在裸露的大石上通过，就凿石成级。大石面要是斜度大，凿成的石级就非常陡，旁边或者装一道石栏或者拦一条铁索。山泉时时渗出，石上潮湿，路旁边又往往是直下绝壁，这样的防备是必要的。

现在约略说一说我们所到的几处地方。写游记最难叫读者弄清楚位置和方向，前啊，后啊，左啊，右啊，说上一大堆，读者还是捉摸不定。我想把它说清楚，恐怕未必真能办到。我们所到的地点，温泉最南，狮子林最北，这两处几乎正直。我们走的东路，先到温泉东边的苦竹溪，在那里上山。一路取西北方向，好比是直角三角形的一条弦，经过九龙瀑、云谷寺，最后到狮子林住宿，那里的高度大约一千七百公尺。这段路据说是三十多里。第二天下了一天的雨，旅馆楼窗外一片白茫茫，什么都看不见。台阶前几棵松树，有时只显出朦胧的影子，有时也完全看不见。偶尔开门，雾气就卷进屋来。当然没法游览了，只好守在小楼上听雨。第三天放晴，我们登了狮子林背面的清凉台，又登了狮子林偏东南的始信峰，然后大体上向南走，到了光明顶。在这两三个钟点内，我们饱看了"云海"。有些游客在山上守了好几天，要看"云海"，终于没看成，怏怏而下。我们不存一定要看到的想头，却碰巧看到了。在光明顶南望天都峰和莲花峰，天都在东，莲花在西，两峰之间就是文殊院。从前有人说天都最高，有人说莲花最高，据说最近实测，光明顶最高。那里正在建筑房屋，准备测量气象的人员在那里经常工作。我们绕过莲花峰的西半边到文殊院，又绕过天都峰的西南脚，一路而下，回到温泉。说绕过，可见这段路的方向时时改变，可是大体上还是向南。从狮子林曲折向南，回到温泉，据说也是三十多里。我们所到的只是黄山东半边靠南的部分，整个黄山究竟有多大，我没有参考什么图籍，说不上。

以下就前一节提到的分别记一点儿。

九龙瀑曲折而下，共九截，第二截最长。形式很有致，可惜瘦些。山泉大的时候，应该更可观。附带说一说人字瀑。人字瀑在温泉旅馆那儿。高处山泉流到大石壁的顶部，分为左右两道，沿着石壁的边缘泻下，约略像个人字。也嫌瘦，瘦了就减少了瀑布的意味。

云谷寺没有寺了，只留寺基。台阶前有一棵异萝松，说是树上长着两种不同形状的叶子。我们仔细察看，只见一枝上长着长圆形的小叶子，跟绝大部分的叶子不同。就绝大部分的叶子形状和翠绿色看来，那该是柏树，不知道为什么叫它松。年纪总有几百岁了。

清凉台和始信峰的顶部都是稍微向外突出的悬崖，下边是树木茂密的深壑。站脚处很窄，只能容七八个人，要不是有石栏杆，站在那儿不免要心慌。如果风力猛，恐怕也不容易站稳。文殊院前边的文殊台比较宽阔些，可是靠南突出的东西两块大石，顶部凿平，留着边缘作自然的栏杆，那地位更窄了，只能容两三个人。光明顶虽是黄山最高处，却比较开阔平坦，到那里就像在平地上走一样。

我们就在前边说的几处地方看"云海"。望出去全是云，大体上可以说铺平，可是分别开来看，这边荡漾着又细又缓的波纹，那边却涌起汹涌澎湃的浪头，千姿万态，尽够你作种种想象。所有的山全没在云底下，只有几座高峰露顶，作暗绿色，暗到几乎黑，那自然可以想象作海上的小岛。

在光明顶看天都峰和莲花峰，因为是平视，看得最清楚。就岩石的纹理看，用中国画的术语就是就岩石的皴法看，这两个峰显然不同。天都峰几乎全都是垂直线条，所有线条排得相当密，引起我们一种高耸挺拔的感觉。莲花峰的岩石大略成莲花瓣的形状，一瓣瓣堆叠得相当整齐，就整个峰看，我们想象到一朵初开的莲花。莲花峰这个名称不知道是谁给取的，居然形容得那么切当。

前边说我们绕过莲花峰的西半边到文殊院，这条路很不容易走。道上要经过鳌鱼背。鳌鱼背是巨大的岩石，中部高起，坡度相当大。凿在岩石上的石级又陡又窄，右手边望下去是绝壁。下了鳌鱼背穿过鳌鱼洞，那是个天然的洞，从前人修山路就从洞里通过去。出了洞还得爬上百步云梯，又是很陡很险的石级。这才到达文殊院。

从文殊院绕过天都峰的西南脚，这条路也不容易走。极窄的路介在石壁之间，石壁渗水，石级潮湿，立脚不稳就会滑倒。有几处石壁倾斜，跟对面的石壁构成个不完整的山洞，几乎碰着我们的头顶，我们就非弓着身子走不可。

走完了这段路，我们抬头望爬上天都峰的路，陡极了，大部分有铁链条作栏杆。我们本来不准备上去，望望也够了。据说将要到峰顶的时候有一段路叫鲫鱼背，那是很窄的一段山脊，只容一个人过，两边都没依傍，地势又那么高，心脏不强健的人是绝不敢过的。一阵雾气浮过，顶峰完全显露，我们望见了鲫鱼背，那里也有铁链条。我想,既然有铁链条,大概我也能过去。

我们也没上莲花峰。听说登莲花峰顶要穿过几个洞,像穿过藕孔似的。山峰既然比做莲花,山洞自然联想到藕孔了。

现在说一说温泉。我到过的温泉不多,只有福州、重庆、临潼几处。那几处都有硫黄味。黄山的温泉却没有。就温度说,比那几处都高些,可也并不热得叫人不敢下去。池子里小石粒铺底,起沙滤作用,因而水经常澄清。坐在池子里的石块上,全身浸在水里,只露出个脑袋,伸伸胳膊,擦擦胸脯,温热的感觉遍布全身,舒畅极了。这个温泉的温度据说自然能调节,天热的时候凉些,天凉的时候热些。我想这或许是由于人的感觉,泉水的温度跟大气的温度相比,就见得凉些热些了。这个猜想对不对,不敢断定。

我们在狮子林宿两宵,都盖两条被。听雨那一天留心看寒暑表,清早是华氏六十度,后来升到六十二度。那一天是八月二十九日。三十一日回到杭州,西湖边是八十六度。黄山上半部每年三月底四月初还可能下雪,十一月间就让冰雪封了。最适宜上去游览的当然是夏季。

(1955 年 9 月 5 日)

记游洞庭西山

四月二十三日，我从上海回苏州，王剑三兄要到苏州玩儿，和我同走。苏州实在很少可以玩儿的地方，有些地方他前一回到苏州已经去过了，我只陪他看了可园，沧浪亭，文庙，植园以及顾家的怡园，又在吴苑吃了茶，因为他要尝尝苏州的趣味。二十五日，我们就离开苏州，往太湖中的洞庭西山。

洞庭西山周围一百二十里，山峰重叠。我们的目的地是南面沿湖的石公山。最近看到报上的广告，石公山开了旅馆，我们才决定到那里去。如果没有旅馆，又没有住在山上的熟人，那就食宿都成问题，洞庭西山是去不成的。

上午八点，我们出胥门，到苏福路长途汽车站候车，苏福路从苏州到光福，是商办的，现在还没有全线通车，只能到木渎。八点三刻，汽车到站，开行半点钟就到了木渎，票价两毛。经过了市街，开往洞庭东山的裕商小汽轮正将开行，我们买西山镇夏乡的票，每张五毛。轮行半点钟出胥口，进太湖。以前在无锡鼋头渚，在邓尉还元阁，只是望望太湖罢了，现在可亲身在太湖的波面，左右看望，浑黄的湖波似乎尽量在那里涨起来，远处水接着天，间或界着一线的远岸或是断断续续的远树。晴光照着远近的岛屿，淡蓝，深翠，嫩绿，色彩不一，眼界中就不觉得单调，寂寞。

　　十二点一刻到达西山镇夏乡,我们跟着一批西山人登岸。这里有码头,不像先前经过的站头,登岸得用船摆渡。码头上有人力车,我们不认识去石公山的路,就坐上人力车,每辆六毛。和车夫闲谈,才知道西山只有十辆人力车,一般人往来难得坐的。车在山径中前进,两旁尽是桑树茶树和果木,满眼的苍翠,不常遇见行人,真像到了世外。果木是柿、橘、梅、杨梅、枇杷。梅花开的时候,这里该比邓尉还要出色。杨梅干枝高大,屈伸有姿态,最多画意。下了几回车,翻过了几座不很高的岭,路就围在山腰间,我们差不多可以抚摩左边山坡上那些树木的顶枝。树木以外就是湖面,行到枝叶茂密的地方,湖面给遮没了,但是一会儿又露出来了。

　　十二点三刻,我们到了石公饭店。这是节烈祠的房子,五间带厢房,我们选定靠西的一间地板房,有三张床铺,价两元。节烈祠供奉全西山的节烈妇女,门前一座很大的石牌坊,密密麻麻刻着她们的姓氏。隔壁石公寺,石公山归该寺管领。除开一祠一寺,石公山再没有房屋,唯有树木和山石而已。这里的山石特别玲珑,从前人有评石三字诀叫作"皱,瘦,透",用来品评这里的山石,大部分可以适用。人家园林中有了几块太湖石,游人就徘徊不忍去,这里却满山的太湖石,而且是生着根的,而且有高和宽都达几十丈的,真可以称大观了。

　　饭店里只有我们两个客,饭菜没有预备,仅能做一碗开洋蛋汤。一会儿茶房高兴地跑来说,从渔人手里买到了一尾鲫鱼,而且晚饭的菜也有了,一小篮活虾,一尾很大的鲫鱼。问可有酒,有的。本山自制，也叫竹叶青。打一斤来尝尝，味道很清，只嫌薄些。

吃罢午饭，我们出饭店，向左边走，大约百步，到夕光洞。洞中有倒挂的大石，俗名倒挂塔。洞左右壁上刻着明朝人王鏊所写的寿字，笔力雄健。再走百多步，石壁绵延很宽广，题着"联云嶂"三个篆字。高头又有"缥缈云联"四字，清道光间人罗绮的手笔。从这里向下到岸滩，大石平铺，湖波激荡，发出汩汩的声音。对面青青的一带是洞庭东山，看来似乎不很远，但是相距十八里呢。这里叫作明月浦，月明的时候来这里坐坐，确是不错。我们照了相，回到山上，从所谓一线天的裂缝中爬到山顶。转向南往下走，到来鹤亭。下望节烈祠和石公寺的房屋，整齐，小巧，好像展览会中的建筑模型。再往下有翠屏轩。出石公寺向右，经过节烈祠门首，到归云洞。洞中供奉山石雕成的观音像，比人高两尺光景，气度很不坏，可惜装了金，看不出雕凿的手法。石公全山面积一百八十多亩，高七十多丈，不过一座小山罢了，可是山石好，树木多，就见得丘壑幽深，引人入胜。

回饭店休息了一会儿，我们雇一条渔船，看石公南岸的滩面。滩石下面都有空隙，波涛冲进去，作鸿洞的声响，大约和石钟山同一道理。渔人问还想到哪里去，我们指着南面的三山说，如果来得及回来，我们想到那边去。渔人于是张起风帆来。横风，船身向右侧，船舷下水声哗哗哗。不到四十分钟，就到了三山的岸滩。那里很少大石，全是磨洗得没了棱角的碎石片。据说山上很有些殷实的人家，他们备有枪械自卫，子弹埋在岸滩的芦苇丛中，临时取用，只他们自己有数。我们因为时光已晚，来不及到乡村里去，只在岸滩照了几张照片，就迎着落日回船。一个带着三弦的算命先生要往西山去，请求附载，我们答应了。这时候太阳已近地平线，黄水染上淡红，使人起苍茫之感。湖面渐渐升起烟雾，风力比先前有劲，也是横风，船身向左侧，船舷下水声哗哗哗，更见爽利。渔人没事，请算命先生给他的两个男孩子算命。听说两个都生了根，大的一个还有贵人星助命，渔人夫妻两个安慰地笑了。船到石公山，天已全黑。坐船共三小时，付钱一块二毛。饭店里特地为我们点了汽油灯，喝竹叶青，吃鲫鱼和虾仁，还有咸芥菜，味道和白马湖出品不相上下。九时熄灯就寝。听湖上波涛声，好似风过松林，不久就入梦。

二十六日早上六时起身。东南风很大，出门望湖面，皱而暗，随处涌起白浪花。吃过早餐，昨天约定的人力车来了，就离开饭店，食宿小账共计六块多钱。沿昨天来此的原路，我们向镇夏乡而去。淡淡的阳光渐渐透出来，风吹树木，满眼是舞动的新绿。路旁遇见采茶妇女，身上各挂一只篾篓，满盛采来的茶芽。据说这是今年第二回采摘，一年里头，不过采摘四五回罢了。在镇夏乡寄了信，走了多路，到林屋洞，洞口题"天下第九洞天"六个大字。据说这个洞像房屋那样有三进，第一进人可以直立，第二三进比较低，须得屈身而行。再往里去，直通到湖广。凡有山洞处，往往有类似的传说，当然不足凭信。再走四五里，到成金煤矿，遇见一个姓周的工头，峄县人，和剑三是大同乡，承他告诉我们煤矿的大概。这煤矿本来用土法开采，所出烟煤质地很好，运到近处去销售，每吨价六七块钱，比远来的煤便宜得多。现在这个矿归利民矿业公司经营，占地一万七千亩。目前正在开凿两口井，一口深十七丈，又一口深三十丈，彼此相通。一个月以后开凿成功，就可以用机器采煤了。他又说，西山上除开这里，矿产还很多呢。他四十三岁，和我同年，跑过许多地方，干了二十来年的煤矿，没上过矿业学校，全凭实际得来的经验。谈吐很爽直，见剑三是同乡，殷勤的情意流露在眉目间。剑三给他照了个相，让他站在他亲自开凿的井旁边。回到镇夏乡正十一点。付人力车价，每辆一块二毛半。在面馆吃了面，买了本山的碧螺春茶叶，上小茶楼喝了两杯茶，向附近的山径散步了一会儿，这才挨到午后两点半。裕商小汽轮靠着码头，我们冒着狂风钻进舱里，行到湖心，颠簸摇荡，仿佛在海洋里。全船的客人不由得闭目垂头，现出困乏的神态。

（1936年）

登雁塔

雁塔在西安城外东南面。那天上午十点，我们出西安南门往雁塔，远远望见好些正在兴修的建筑工程，木头构成的工作架跟林木相映衬。听说这些全是文教机关的房屋，西安南郊将来是个文化区。没打听究竟是哪些文教机关，单知道其中有个体育运动场，面积七百多亩，有田径赛场、各种球场、风雨操场、滑冰场、游泳池，可以容纳观众十万人以上——规模够大了。

在以往历史上，有没有一个时期像今天这样在全国范围内搞基本建设的？且不说工矿方面的基本建设，单说机关、学校、公共场所的兴修，修成之后将在那里办理人民的公务，培养少年、青年乃至成人，使他们具有堪以献身的精神体魄，像今天这样的情形在以往历史上有过没有？我不曾下功夫查考，可是我敢于断定不会有。我这个断定从以往社会的性质而来。那时候无非兴修些帝王的宫殿、公侯的宅第、贵介的别墅，或者地主富商修些房子自己住，租给人家收租钱，等于放高利贷，再就是勉强过得去的人家搭这么三间两间聊蔽风雨。除此而外，哪儿会有为了群众的利益招工动众，大规模地兴修房屋的？

这么想着，不觉雁塔早已在望。原地颇有高下，可是坡度极平缓，车行不感颠簸。不多久就到了雁塔所在的慈恩寺门前。

进门一望，只觉景象跟一般寺院不大一样。殿宇亭台不怎么宏大，空地特别宽广，又有栽得很整齐的林木、蒙络荫翳的灌木丛、略有丘壑之势的小土丘，树阴之下立着好些个埋葬僧人的小石塔，形制古朴有致。这就成个园林的布置，佛殿只是整个园林的一个组成部分，不像杭州的灵隐寺那样，一进门只见回廊、大殿、经院、僧房，虽然并不逼仄，总叫人感觉不太舒畅。多数寺院都属于灵隐寺一派，而这个慈恩寺仿佛一座园林，我说它跟一般寺院不大一样就在此。这寺院当然不是唐朝的旧观，可是眼前的这个布置尽够叫人满意了，何况单提慈恩寺这个名字就叫人发生历史的感情。这是玄奘法师翻译佛经的场所，寺里的雁塔是玄奘法师所倡修，玄奘法师那样艰苦卓绝地西行求法，那样绝对认真地搞翻译工作，永远是中国人的骄傲，永远是中国人的一种典范，与谁信佛法谁不信佛法并没关系。

台阶两旁立着好些题名碑，题名的是明清两朝乡试中举的人。唐朝有新进士雁塔题名的故事，后代人似乎非模仿一下不可，可是京城不在西安，新进士不会在西安会集，于是轮到新举人。写篇记，刻块碑，把名字附上，也算表示了他们的显荣和雅兴。看那些记文，说法都差不多。本来就是那么一回事，题材那么枯窘，有什么新鲜的意思好说的？我们不耐一一细看，我们登雁塔要紧。

雁塔在慈恩寺的后院。不知道实测究竟有多高，相传是三百尺，耸然立在那里。塔作方形，共七层，一层比一层缩进些，叫人起稳定之感。每层每面有个拱形的门框。最下一层的门框是进塔去的过道，东南西北四面都可以进去。从第二层起，四面门框全装栅栏，游人可以靠着栅栏眺望。我们从南面的拱门进去，走完过道，塔中心空无所有，只靠墙架着两架扶梯。扶梯作直角的曲折，几个曲折才到第二层。猜想所以架两架扶梯之故，一来是游人多的时候可以分散些，二来是最下一层地位宽，容得下两架扶梯，两架扶梯之外还大有回旋余地，你看，从第二层起就只一架扶梯了。

杜工部《同诸公登慈恩寺塔》诗中有"仰穿龙蛇窟，始出枝撑幽"的句子，写的正是从最下一层往上爬的印象。那里过道比较深，进去的光线不多，骤然走进去尤其觉得昏暗。于是杜老想象这么昏暗的所在该是龙蛇的窟穴吧。到了第二层，光线从四面而来，就觉得豁然开朗，出了"幽"境——"枝撑"指塔内的木材构筑。

第二层齐扶梯的顶铺地板，以上五层都一样。有了这地板，才可以走到拱门那里，爱望哪一面就望哪一面，又可以歇歇脚，透透气，再往上爬。要是没有这地板，扶梯接扶梯一直往上，且不说没法从从容容地眺望一番，开开眼界，就是从下朝上、从上朝下望望，那么一个又高又空的塔中，那么些曲折不尽的扶梯，就够叫人目眩心惊腿软的了——地板稳定了游人的情绪，无论在哪一层，仿佛在一间楼房里似的。

同伴说我力弱，不必爬到第七层，爬这么两三层就可以了。我也想，如果要勉强而行——而且是过分地勉强，那当然不必。可是我升高一层歇一会儿，四面望望，再升高一层，虽然呼吸不怎么平静，心跳越来越强，两条腿越来越重，总还觉得支持得下，没有什么大不了，结果我居然爬上了第七层。可以说是勉强而行，然而不是过分地勉强。在某些场合——比游览重要得多的场合，只要意志坚强，有时候连过分地勉强也有所不避，勉强让意志给克服了，也无所谓勉强了。

在最高一层四望，因为天气浓阴，空中浮着云气，只觉一片混茫，正如杜老诗中所说的"俯视但一气"，南面既望不见终南山，朝西北望，贴近的西安城市也不太清楚。至于杜老所说的"七星在北户，河汉声西流"，那根本是想象，并非他登塔当时的实景。我们未尝不可以作同样的想象，这么想象就好像我们自身扩大了，其大无外的宇宙也不见得怎么大似的。

一层一层下去当然比上来容易，可是每下一层也得歇一歇，免得头昏眼花。出了最下一层的拱门，我们坐在台阶上休息。坐不久又不免站起来看看，原来拱门内过道的石壁上全是刻字，起初挤在游人丛中急于登塔，竟不曾留意。刻的大多是诗篇，各体的诗，各体的书法，各个朝代的年号，还有各个风雅的题壁人的名字。这且不说，单说一点。后代的题壁人见壁上早已刻满，再没空地位，就把自己的文字刻在前代人的题壁上，你小字，我大字，你细笔画，我粗笔画，总之，抹杀你的，光有我的。这样强占豪夺的风雅，未免风雅过分了。

最下一层四面拱门的门楣上都有石刻画，我以为最值得细看。刻的是佛故事，人物和背景全用细线条阴刻。依我外行人的见解，细线条的画最见功夫，你必须在空白的幅面上找到最适当最美妙的每一条线条的位置，丝毫游移不得，你的手腕又必须恰好地描出每一条线条，丝毫差错不得，太弱太强也不成。所以画家必须先在心目中创造完美的形象，又有得心应手的熟练技巧，才能够画成细线条的好作品。最近故宫博物院布置绘画馆，在第一陈列室的正中间挂一小幅敦煌发现的唐朝人的佛像图，全用细线条，我看了很中意。现在这门楣上的石刻画，可以说跟绘画馆的那一幅同一格调、同一造诣。雁塔经过几次重修，连层数也有所改动，建筑材料当然有所更换，可是一般相信底层没大动，门楣石该是唐朝的原物，石上的图画该是唐朝人的手笔。这就无怪乎跟敦煌保藏的唐画相类了。据梁思成先生《敦煌壁画中所见的古代建筑》那篇文章，西面门楣上的画以佛殿为背景，精确地画出柱、枋、斗拱、台基、椽檐、屋瓦以及两侧的回廊，是极珍贵的建筑史料，可以窥见盛唐时代的建筑规模。

  南面拱门两旁各陈列一块褚遂良写的碑。石壁凹陷进去，砌成龛形，碑立在里面，前面装栅栏，使游人可望而不可即。一块是唐太宗所撰的《大唐三藏圣教之序》，一块是唐高宗所撰的《大唐三藏圣教序记》——这块碑从左往右一行一行地写，有些特别，用意在跟前一块碑对称，成为"合欢式"。褚遂良的书法不用说，单说那碑石经历了一千四百年，文字还很完整，笔画还有锋棱，可见石质之坚致。西安好些石碑大都如此，大概用的"青石出自蓝田山"的青石吧。向来玩碑的无非揣摩书法，考证故实，注意到碑额、碑趺和碑旁的装饰雕刻是比较后起的事情。其实好些古碑的装饰雕刻尽有好作品，大可供研究雕刻艺术的人观摩。就是这两块褚碑，两边的蔓草图案工整而不板滞，已经很够味了。碑趺的天人舞乐的浮雕尤其可爱。那是浮雕而超乎浮雕，有些部分竟是凌空的立体。雕刻不怎么工细，可是人物的姿态极其生动，舞带回环，仿佛在那里飘动似的。两碑雕的都是一个舞蹈的在中间，奏乐的分在两边（一块上是奏管乐，一块上是奏弦乐），两两对称，显出图案的意味。碑额雕的什么，可恨我的记忆力太差，记不起了，只好不说。

曲江池在慈恩寺东面不远。曲江池这个名字在唐朝人的诗里见得很多，其地既然近在眼前，我们应当去看看。

一路上陂陀起伏，车时而上行，时而下行——所谓黄土平原原不像操场、运动场那样平。在比较高的地点眺望，只见四面地势高起，环抱着一块低洼地，田亩而外就是树林，虽然时令在秋季，浓阴笼罩着茂密的林木，倒叫人发生阳春烟景的感觉。我们知道这就是所谓曲江池了。曲江原是个人工池，水是浐河的水，唐玄宗开元年间引过来的。到唐朝末年，大概是通道阻塞了，池就干了，变为田亩。

在盛唐时代，这曲江池四围尽是公侯宅第，楼台亭榭大多临水，花柳相映，水光明澈，繁华景象可以想见。曲江池又是当时长安人游乐处所。逢到三月上巳、九月重阳，游人尤其多，不论贫富贵贱，大家要来应个景儿。池中荡着彩船，堤上挤着车马，做生意的陈列着四方货品，走江湖的表演着各种杂技，吹弹歌唱，玩球竞马，凡是享受取乐的玩意儿，在这里集了个大成。又因当时河西走廊畅通，文化交流极盛，形形色色都掺杂着异域的情调和色彩，更见得这里来凑个热闹可喜可乐。——照我猜想，当时情形大概跟《彼得大帝》影片里的某些场面相仿，逢到节日良辰，皇帝、贵族还肯跟庶民混在一块儿寻欢取乐，不摆出肃静回避、容我独享的臭架子。按封建时代说，这就很不错了。

至于现在，游了慈恩寺、登了雁塔的，多半要来曲江池走走，慈恩寺和曲江池自然连成个没有名称没有围墙的公园。这是个普通的星期日，而且天气阴沉，可是曲江池游人尽多。这边是一队少年先锋队在且行且唱，那边是一批工人在闲步眺望，机关里的男女干部，乡村里的小姑娘、老太太，结伴而来，兴致挺好，笑语嘻嘻哈哈的，脚步轻轻松松的。几年以来，大家已经养成习惯，工作的日子出劲工作，休假的日子认真玩乐。郊外既然有这么个好所在，谁不爱来走一走、乐一乐？一条马路正在修筑，从城里的解放路（东半边的南北干路）直通雁塔，城里人出来更方便了。一方面体育运动场也快完工。将来逢到四野花开的时节，春季晴朗的日子，或者运动会举行的期间，城里人必将倾城空巷而出，乡里人也必闹闹挤挤地出来享受他们的一份儿。这样的盛况是可以预想的。既有这新时代的盛况，封建时代的盛况也就没有什么可以留恋了。

曲江池附近有一道陷落五六丈的土沟，王宝钏的"寒窑"就在沟里。王宝钏原是"亡是公""乌有先生"一流人物，她的"寒窑"当然在"无何有之乡"，可是偏有人要指实它，足见戏剧影响社会之深。舞台上既然演《别窑》和《探窑》，那"寒窑"怎能没有个实存地点？《宝莲灯》里有劈山救母的故事，就有人在华山上指明斧劈的处所（这是听人说的，并未亲见），理由也在此。我们走下土沟去看，原来是个小小的庙宇，中间供泥塑女像，上面挂"有求必应"的匾额，王宝钏成了神了。身份虽然改变，实际还是一样——神不是也属于"亡是公""乌有先生"一流吗？庙宇实在没有什么可看，倒是庙门前的两棵白杨值得赏玩，又高又挺拔，气概非凡。回到原上看，那两棵白杨的上截高过原面一丈左右。

（1954年1月21日）

游临潼

那一天天气晴朗。上午九点过,我们出西安城往临潼。临潼是西安人游息的处所。逢到休假的日子,到那里去洗一个澡,爬一回山,眺望渭河和田野,精神舒快,回来做工作格外有劲儿。

经过浐河和灞河,浐河上跨着浐桥,灞河上跨着灞桥,灞河灞桥都有名。沛公入关,驻军灞上。唐朝人送出京东去的直送到灞桥,在那里设饯,折柳赠别,以灞桥为题材的送行诗也不知道有几多首。浐河比较小,灞河可宽大,虽然秋季水落,靠两边露出了沉沙,浩荡的气势还是很显然。桥是平铺的,一列的方桥墩,一个个的方桥洞,汽车、大车、行人都在桥上过。岸边有些柳树,并不是倒垂拂地的那一种,也许唐朝人所折的柳跟这个不同吧。

从灞桥柳树想起《紫钗记》传奇里的那出《折柳》。霍小玉就在这里送李益,情意缠绵,难舍难分,说灞桥"分明是一座销魂桥"。可是汤玉茗更改了《霍小玉传》的情节,让李益往河西参军,往河西怎么倒朝东走?这与其说是作者的小小疏忽,不如说他舍不得灞桥折柳的故事,定要拿来做他传奇的节目。反正像作画一样,花无正色鸟无名,只要取个意思就成,既是传奇里的动人场面,又何必核实方位,究东问西呢?

在右手边望见一座新建筑，矗起个又高又大的烟囱，形式简净明快，大玻璃窗一排上头又是一排。铁路的支线跟公路交叉，横过去直通到新建筑那里。那是西安第二发电厂，去年十一月间开的工，不到一年工夫，今年十月九日已经举行了庆祝落成发电的剪彩典礼。最新式的设计，最新式的机器，最先进的技术，机械化、自动化达到了很高的程度。厂里现有的设备全部开动起来，发电量等于西安第一发电厂的两倍。在今后的两三年内，西安、咸阳地区的工业生产用电和城市居民用电就可以充分供应了。

两旁地里的小道上三三两两有人在走动，都会合到公路上来。老汉衔着旱烟管。老太太带着小孙女儿，手里拄着拐杖，可是脚步挺轻爽。壮年男子跑得热了，簇新的青布棉短褂搭在肩上。年轻妇女当然爱打扮，无论留发的剪发的都把头发梳得整整齐齐的，有些个留发的还在发髻旁边插朵菊花。他们大都有说有笑的，瞧那神气好像赴什么宴会。

不但会合到公路上来的行人越来越多，看，大车也不少呢。一辆大车往往挤着一二十人，偏着身子，挨着肩膀，有些人两条腿挂在车沿，那么一颠一荡地按着韵律前进。骡子拉着重载本来跑得慢，又因出身乡间，跟汽车还有些生分，见我们的汽车赶过去，它索性停了步。于是赶车的老乡下来遮住骡子的视线，我们的汽车也开得挺慢，那么轻轻悄悄地蹓过去。

打听之后才知道斜口逢集，这些人大都是赶集来的。我们停车去看看。经过一条小道，从一排房子的后面抄过去就是斜口。铺子前面一些摊子已经摆得端端正正了——卖东西的到得早。菜蔬、布匹、饮食、杂用零件，陈设跟一般市集差不多。需要东西的人这边看一看，那边挑些合用的什么，或者坐下来吃一碗泡馍，几乎可以说摩肩接踵，颇有一番热烘烘的景象。市梢头陈列着许多木柜子和门窗隔扇，全是木工的手制品。秋收差不多了，农民们添置个新柜子储藏家用东西，或者买些现成的门窗隔扇把房子刷新一下，这也是改善生活的要求，料想四年以前的市集该不会有这些东西吧。

我们十点半到临潼。并不进临潼县城，径到华清池。这一带树木比一路上繁茂，苍翠成林。仰望骊山不怎么高，可是有丘壑，有丘壑就有姿致，绿树红叶跟山石配合，俨然入画。从前唐明皇在这里修华清宫，周围起些公卿的邸宅，不致孤单寂寞，于是在华清池洗洗温泉澡，在长生殿跟杨玉环起个鹣鹣鲽鲽的恩爱誓。就享乐方面说，他可真是个老在行。

现在所谓华清池是个紧靠着骊山的花园布置。纯粹中国式，有假山、回廊、花栏、荷池、小桥，亭馆全用彩椽，当然，浴室也包括在里头。花栏里菊花、西番莲、美人蕉开得正有劲儿，还有些粉红的大型月季——这时候还开月季，可见地气之暖。荷池里只剩荷梗了，几只鸭悠然浮在池面。这池水是从温泉引过来的，因而想起"春江水暖鸭先知"的诗句。

我们不急于洗澡，先去爬山。目的在看"西安事变"那时候蒋介石躲藏的处所。从华清池右边上山，土坡缓缓地屈曲地往上延伸。路不算窄，大概可以并行两辆汽车，是新修的。路旁边栽些槐树。将近半山腰才是比较陡的石级，登完石级就到捉蒋亭。亭子后面朝石壁。亭子里正面上方题一段文字，叙述西安事变前后经过的大略情形。两三个老乡为游人指点蒋介石躲藏处,其说不一。一个说亭子后面那石壁稍微凹进去像个洞子,那夜晚蒋就像耗子似的躲在里头。一个说他还想往上逃,不知是光脚底跑破了还是挫伤了腰,再也跑不动,只好闪在右手边那块岩石的侧边。听起来总不离这一带石壁。为了掩饰蒋的丑,国民党就在这里修个亭子,取名叫"正气亭"。

我们坐在捉蒋亭的台阶上休息。朝北望去,眼界宽阔极了。明蓝的晴空无边无际。渭河和它的支流界划着远处的平原,安安静静的。近处这里那里一丛丛的树林。地里差不多全种菜蔬,特别肥美,嫩绿浓绿都像起茸似的。通常说锦绣河山,这眼前的景物可真是一幅货真价实的锦绣。

下山吃过饭,我们在华清池旁边一家小茶馆前喝茶。帆布躺榻,矮矮的桌子,有成都茶馆的风味。茶馆老板是个爱说话的人,偶然问他几句,他就黏在那里舍不得走开。他指着半山腰的捉蒋亭,说当年捉住了蒋介石送西安,就在茶馆门前上的车——蒋穿的单衫,一位弟兄好意,给他穿了件棉军衣。他说:"蒋介石这副形容去西安,来的时候可神气呢。一路上两旁布岗位,比电线杆子密得多,上刺刀的枪横在腰间,脸全朝外,他在汽车里只看他们的后脑勺。地里做活的全都让他给赶回去,不问你的活放得下手放不下手。不用说,我们这些小铺子也非关门不可。你得做一天吃一天,那是你的事,他不管。"

模仿了几声枪响之后,茶馆老板接着说:"我想,他们准是开会谈不拢,闹翻了。亏得他们闹翻,我这小铺子才得就开门。要是他住在这里过今冬,我怎办?……后来他还来过一趟,照样布岗位，照样赶地里做活的回去，叫铺子关门。他穿一件长袍子，抬起尖下巴朝山上望了一会儿，不知道他想些什么。不多久汽车就开走了……"

茶馆附近有两个水果摊子，带卖菜蔬。曾听说临潼石榴有名，我们就买石榴。摆摊子问要酸的还是甜的。我们说当然要甜的。可是一问价钱，酸的贵一倍。什么道理呢？茶馆老板又有话说了。他说酸石榴什么病都治，妇道人家尤其爱吃。大概病人胃口不好，吃什么都没味，吃些酸东西倒有爽利的感觉，那是真的。说什么病都治，未免夸张过分了。至于多数妇女爱吃酸是实情，恐怕是生理的关系，不大清楚。我们反正不生病，还是买了甜的，确然甜。

摊子上还有苹果和柿子。柿子分两种，一种是大型的，朱红色，各地常见；一种是小型的，大红色，近似苏州的"金钵盂"和杭州的"火柿儿"。这种小型的柿子在西安市上见过，没注意，这回可注意了，因为联想到苏州的金钵盂。我从小不爱吃那朱红色的大型柿。生一些的，涩味巴着舌头固然难受；熟透了的，那甜味也怪腻，没有鲜洁之感。我只爱吃金钵盂。自从离开了苏州，经常遇见那些大型的，我从来不想拿一个来尝尝，可以说跟柿子绝缘了。现在看见这近似金钵盂的小型柿，不由得回忆起幼年的嗜好。捡一个熟透了的，轻轻地撕去表面那一层大红色的衣，露出朱红色的内皮，还是个柿子的形状；送到嘴里，甜得鲜洁，跟金钵盂一个样，而且没有硬核——金钵盂有硬核，或多或少。这种柿子是临潼的特产，名叫"火柿"，跟杭州相同。

临潼的菜蔬，白菜、花菜都好，韭黄尤其有名，在西安都吃过了。菜大都肥嫩，咀嚼起来没有骨子，很和润地咽下去。韭黄爽脆极了，咀嚼的时候起一种快感，汁水有些儿甜味，几乎没有那股臭气，吃过之后口齿间又绝不发腻。

茶馆的右手边就是公共浴池。温泉养成了临潼人勤洗澡的习惯，应该有公共浴池满足大众的需要。分男的和女的，都在屋子里，规定每天开闭的时间。我们去看男浴池。一股热气，比澡堂子里的大池子大。屋内光线不太强，可是看得清池水是清澈的。十来个近乎酱赤色的光身子泡在池水里，有几个只透出个脑袋。池沿上也有十来个人，正在擦呀抹的。

于是我们重入华清池。那一天不是星期日，等了大约一刻钟工夫就轮到我们洗澡了。据说星期日买了票等两三个钟头是常事。华清池内也有大池子，浴室分单人的、双人的，还有一间四个人的，美其名曰"贵妃池"。我和三位朋友挑了贵妃池。

池作长方形，周围全砌白瓷砖。一边一个台阶，没在水里，供洗澡的坐。不坐那台阶而坐在池底，水面齐脖子，四个人的手脚都可以自由舒展，不至于互相碰撞。水清极了，温度比福州的温泉和重庆的南温泉、北温泉似乎都高些（我只洗过这三处温泉），可是不嫌其烫。论洗澡是大池子好，你可以舒臂伸腿，转动身躯，让热水轻轻地摩擦你周身的皮肤，同时你享受一种游泳似的快感。在澡盆子里洗差多了，你只能直僵僵地躺在里头让热水泡着，两边紧紧地挨着，不免有些压迫之感。这贵妃池虽然不及大池子宽广，也尽够自由活动了。我们足足洗了三十分钟，轻松舒快，身上好像剥去了一层壳似的。起来之后倒茶壶里的水尝尝。那是煮过的温泉水，清淡，没有什么矿质的气味。

澡洗过了，到夜还有两点来钟，我们去看秦始皇墓。起先车顺着公路开，后来转入田地间的小道。一路上多的是柿子树，柿子承着斜阳显得更鲜明。没有二十分钟工夫就到了秦始皇墓下。那是个极大的土堆，据说地盘有四百亩，原先还要大得多。大略有些像金字塔，缓缓地斜上去，除了土面的草而外，什么也没有。骊山默默地衬托在背面。这一面山上红叶特别多，山容比华清池那边望见的似乎更好看。从墓顶往下望，平原上的红柿子宛如秋夜的星星，洋洋大观。听说春天是一片桃花和杏花。

秦始皇墓让古来所谓"发冢"的发掘过好多回了，按《高祖本纪》的记载，项羽是头一个。他们的目的无非在盗些宝物。往后在研究古代文物的整个计划之下，这座陵墓该来一回科学的发掘。前些日子在西安的《群众日报》上看见一位先生的文章，说这一带农家常常捡到古砖，又掘到过埋在地下的古时的排水管，发现过还看得清形制的建筑结构，等等。猜想起来，发掘该不会一无所获，或许竟大有所获，使历史学家、考古学家高兴得不得了，互相庆幸又得到了可贵的新资料。当然，这只是外行人的想头，未必有价值——再说句外行话，要是古代通行了火葬，不搞什么坟墓，现代的历史学家、考古学家至少要短少一大宗重要的凭借吧。

上了车，在小道上开行，忽听当的一声。以为小石子打在钢板上，没有事。可是回头一看，小道上画了很长的一条，是乌绿的机油。车底盛机油的部分破了。于是停车，司机仰着身子钻到车底下去检查。站起来的时候是两泡眼泪，一只手尽拍前额，几乎哭出声来。小道中间高两边低，车底当然接近地面，车轮子滚过，小石子当然要蹦起来，完全没有理由怪到他，可是爱护公共财物的观念叫他淌了眼泪。

大家说有什么哭的，想办法要紧。吉普车的那司机说机油漏光了，花生油什么的可以代替；油箱的窟窿呢，塞一把土，拿布裹一裹，拴一下，就成了。听那司机说办法，我立刻想起在巫山下经历的事。那一年冬天从重庆东归，飞机、轮船全没份，我们六十多人雇了两条木船。一天黄昏时分歇碛石，拢岸了，一条木船触着江边的石头，船侧边一个窟窿，饭碗那么大。那时候的惊慌情状不必细说，幸而没有事，只灌湿了好些箱笼书籍。你知道管船的怎么修补那穿了窟窿的破船？一大碗饭，拿块不知从哪里撕下来的布一裹，往窟窿里一塞，再钉上块木板，第二天早晨就照常开船了。急救治疗就有那么一手。

两个司机做急救治疗去了，我们跟几个农民商量油的事情。农民们说村里各家去问问，大家凑一些，不过要六七斤怕凑不齐。一会儿村干部也来了，问明白之后说："总得想办法，保证你们今夜晚回西安。"

太阳落下去了，道旁场上有个四十来岁的农民在收晒在那里的棉花，一大把一大把地往筐子里塞。我们跟他攀谈，不免问长问短，最后请他说说今昔的比较。他把手在筐子边上一按，似笑非笑地说："从前嘛，搞出来的东西人家给拿走了，人还不得留在家里。现在搞出来的是自家的了，人也能安安心心地留在家里了。"

他这个话多么简括，说出了最主要的。在今年，他那"自家的"里头包括新盖的房子，新买的一头小牛——他那村子里有八家盖了新房子呢。真的事实，亲身的体会，什么道理都容易搞明白，搞得明白自然能够简括地扼要地说出来。在社会主义改造完成之后，就是这个农民，今天在这里一大把一大把往筐子里塞棉花的，他一定会说："从前嘛，一家人勤勤恳恳地搞，可是搞不怎么多，比工人老大哥差得远。现在大伙儿合起来搞，比从前好多了，我们跟得上工人老大哥了！"

凑来的油灌好，汽车开动，已经七点多了。月亮还没升起来，车窗外的景物都成了剪影。我老远就望见西安第二发电厂烟囱高头极亮的红灯，那是航空的安全设备。

（1953年12月27日作）

从西安到兰州

十月三十一日下午两点四十分,火车从西安开,七点十多分到宝鸡。车程一百七十六公里。还没有快车,逢站都停。靠近西安和宝鸡的几站,乘客上下的多,车厢里坐得满满的。中间一段比较空,三个人的座位上有的只坐一个人。乘客里头农民居多。车上的广播室广播保藏红薯的方法,这是认定对象而又很适时的。

在咸阳和茂陵两站之间,北面耸起好些个大土堆,轮廓齐整。那是汉唐的陵墓,前些日子我们原想去看一看,可是没有去成。

南面远处是秦岭。始而终南山,既而太白山,还有好些个叫不出名儿的峰峦,一路上轮替送迎。那一天轻阴,梨树的红叶和留在枝头的红柿子都不怎么鲜明。秦岭的下半截让厚厚的白云封住。那白云的顶部那么齐平,好像用一支划线尺划过似的。韩昌黎的诗有"云横秦岭"的话,我们亲眼看见了,而且体会到那个"横"字下得实在贴切。露出在云上的峰峦或作淡青色,或作深青色,或只是那么浑然的一抹,或显出凹凸的纹理,看峰峦的远近高低而定。有些云上的峰峦又让白云截断,还有些简直没了顶。那些看得清凹凸的纹理的峰峦,山凹里有积雪。

从咸阳起，铁路始终跟渭河平行，渭河在铁路的南面。因为距离有远近，渭河有时看不见，有时看得见。渭河的水黄浊，看来跟黄河相仿。

就农事而言，铁路两旁的田野好像跟成都平原、太湖流域都差不多。土色的黄是个显然不同之点，可是土质的肥沃恐怕不相上下。麦苗萌发了，这里那里一方方的嫩绿的绒毯。翠绿的葱绿的是各种蔬菜。林木时而稀时而密，跟方才提起的两个区域比起来，就只是绝对不见竹林，经常看见白杨树——茅盾先生所赞美的傲然挺立的白杨树。

出了宝鸡车站，人力修的开阔的马路上慢慢地前进。两旁店铺灯光不太强，显得安静。马路旁的横路渐渐低下去，坡度不怎么大。心中突然发生一种感觉，仿佛到了四川省沿江的那些城市，虽是初到，很觉亲切。

十一月一日早晨上车站，九点四十分开车，第二天上午十一点到兰州。车程五百零三公里：宝鸡到天水一百五十四公里，天水到兰州三百四十九公里。

在这条路上，最显著的是山崖迫近了，火车尽在丛山间跑。不但在丛山间跑，许多地方还得穿过山跑——这就是说在隧道里跑。隧道多极了，长的短的也不知道有几百个。一会儿电灯亮了，窗外一无所见，轮轨相击的声音特别响亮，仿佛蒙在坛子里似的。一会儿出了隧道，又看见窗外的天光山色。可是才抽得两三口烟，又钻进前一个隧道里了。这样的情形并非少见。最长的是天兰铁路的第四十一号隧道，在关内，数它是第十大隧道。

渭河也迫近了。靠着车窗往往可以低头看水流，或急或缓，或窄或宽，沿河的冲积土上种着庄稼。河中有滩的地方，哗哗的水声也可以听见。渭河怎么样弯曲，铁路就跟着它弯曲。我们的车厢挂在后段，常常看见前面的机车和车厢拐弯，宛如天矫的龙。

直到陇西，铁路才跟渭河分手，转向西北。陇西以东，铁路绝大部分在渭河北岸，少数几段移到南岸。这就得在渭河上架桥。可惜经过几座渭河大桥在夜间。后来借到《庆祝天兰铁路通车纪念画刊》来看，那几座大桥真配得上"雄姿"这个字眼。桥柱像罗马建筑的柱子那样，下面流着浩浩荡荡的渭河水，上面承着钢梁，简洁壮伟，显出现代工程的美。

不但渭河桥，铁路要跨过深谷也得架桥。那些桥往往是好几座钢塔架承着钢梁，另外一种壮观。至于中型的小型的桥梁，一眨眼间就开过的，说得笼统些，简直不知其数。

铁路既然在山间通过，就得把高低不平的山地凿成近乎水平的路堑，两旁削成斜壁，使土石不至于崩塌。好些斜壁还得加工，或者涂上水泥，或者砌上石片，筑成御土墙。有些地方筑个明洞来防御土石的崩塌。所谓明洞就是并不穿山而过的隧道，筑在山脚下，一壁贴着山，一壁显露在外，开些小穹洞，可以透光。

我们完全不懂铁路工程，照我们想，这条铁路有那么些个艰难的工程，该经过较长的年月才能完工。可是我们知道，从一九五〇年的五月到一九五二年的秋天，在不到两年半的时间内，天兰铁路就修成了，一九五二年的国庆前夕提前通车，同时又改善了陷于瘫痪状态的宝天铁路，使西北的大动脉畅通无阻。这是中国人民解放军的七万军工的功劳，这是不止一个民族的两万多民工的功劳。请听一听当时的《筑路歌》吧——"树要人来栽，路要人来开，人民天兰路，人民修起来！"唯有人民自己做了主人，彼此团结起来，发挥力量和智慧，什么高山大河都可以征服，要怎么办就怎么办。来睦铁路通车了，成渝铁路通车了，天兰铁路通车了，我们听见这些个消息，那时候的感情跟从前听见什么铁路修成了完全不一样。这一回初次经过宝天铁路和天兰铁路，我们更深切地分享到十万军工民工的成功的喜悦。

为什么说以前的宝天铁路陷于瘫痪状态呢？原来国民党政府修筑宝天铁路，工程是很草率的。曲线的半径极小，路基极狭窄，旁壁陡直，隧道大多没有加工衬砌，很多应修桥涵的地方没有修，修了桥涵的，孔径又不大，不能畅泄流水，因而线路常被崩塌的土石阻断，路基常被受阻的流水冲毁。当时名义上虽说通了车，实际上通车的日子很少。一九四九年将要解放的时候，主要桥梁又让国民党部队给破坏了，于是全线陷于瘫痪状态，只是那么一条烂铁路，简直行不来车。中华人民共和国成立以后，一面动手修筑天兰铁路，一面施工恢复宝天铁路，施工期间还是维持通车。弯曲太厉害的线路改了，路基放宽了，旁壁削斜了，该修的御土墙修起来了，隧道加上了衬砌，又加筑了好些个明洞和桥涵，孔径太小的桥涵也改大了，又吸取了苏联的先进经验，做了大规模的排水工程，种了树，种了草，用来保持水土。于是宝天铁路有了新的生命，天兰铁路工程的供应运输有了可靠的保证。

据考古学家的说法，这一带河谷两岸随着河谷的下降和黄土的冲积，形成台地，史前人类和现在的居民就住在那些台地上。台地可以分作五级。第五级台地高出现在的河面二百到五百公尺，到现在还没发现人类居住过的遗迹。下一级是第四级，那里有史前人类的墓葬。再往下是第三级和第二级，高出现在的河面二十到五十公尺，新石器时代的人类就住在那里，彩陶文化的遗迹非常丰富。第一级是现在的居民居住的地方，高出河面五到二十公尺不等，我们想象那些使用石器陶器的史前人类，他们大概只能沿着河谷活动，走那大家不约而同走出来的道路，而且不可能走得太远。河这一岸的人跟河那一岸的人彼此可以望见身影，可是，恐怕始终不能够聚在一块儿说句话吧。他们的时代距离现在不到五千年，就算它五千年吧，就整个人类历史说，五千年是很短的一会儿。可是现在，亮得发青的钢轨横躺在山岭间、河谷上了。起初是大家不约而同走出来的道路。随后是有意铺设的道路，可是行走还得凭人力，或者利用畜力。最后才有铁路，铁路把道路机械化了。这五千年的进步多大啊！此外，公路也是机械化的道路，公路上可以开行汽车卡车。河里行了轮船，水路也机械化了。空中本来没有路，自从有了飞机，空中有路了，而且一开头就是机械化。各种机械化的道路掌握在人民手里，人民的物质生活和文化生活更将飞速地提高，那还待说吗？

说得稍稍远点儿了，再来说些所见的景物吧。

一路上两旁的山大都作黄色，少树木，垦成一鳞一鳞的梯田。可是宝鸡往西开头的几站间并不然。那里山上全是树木，同是绿色而浓淡深浅有差别。又掺杂着好些红叶，红叶又分鲜红和淡红。这就够好看的了。再说那些山。不懂地质学的人只好借用画家的皴法来说。那些山的皴法显然不同：这一座是大斧劈皴，那一座是小斧劈皴；这一座是披麻皴，那一座是荷叶筋皴……几乎可以一一指点。皴法不同的好些座山重叠在周围，远处又衬托着两三峰，全然不用皴法，只是那么淡淡的一抹。忽然想起，这不跟长江三峡相仿吗？我们坐在火车里就像坐在江船里一样，峰回路转，景象刻刻变换，让你目不暇接。我把这个意思告诉我的同伴。我说，没有走过三峡的，看了这里的景象也就可以知道个大概。一位同伴脱口而出："这个得拍电影！"是的，语言文字的确难以描写，唯有彩色活动电影才胜任愉快。

虽说山崖迫近，也有不少地段山崖退得远一些儿。这就是所谓第一级台地吧，全都平铺着各种农作物，当然也有树木和村屋。不用想得太远，至少从周秦时代起，古先的农民就在这里翻垦每一块土，他们的汗滴在每一块土里。前一辈过去了，后一辈接上去，无休无歇，直到如今。我们如今看见的那些平田以及山上一鳞一鳞的梯田，哪一处不留着历代农民改造自然的"手泽"？仔细想来，实在是伟大的事业。最近大家认明了总路线，知道农业要经过社会主义改造，不再像以前那样光靠"一手一足之烈"，要大伙儿合起来搞，要逐步机械化。预想改造完成的时候，农村经过飞跃的改变，景象必然跟如今大不相同，那是更伟大的事业了。

第二天早晨醒来，车正靠站，站名梁家坪，距离兰州只有十多站了。连绵的黄色的山，山顶大多平圆。村落里的房屋用黄土修筑的多，偶尔看见用砖瓦的。除了地里的农作物和一些树木，就只见浑然一片的黄。可是将近兰州的时候，景象就不同了。显著的是树木多了，这里一丛，那里一丛，树叶还没有落，苍然成林，其中有拂着地面的垂柳。地里界划着发亮的小溪沟，沟水缓缓地流动。好些地里刚灌过，着潮的土色显得深些。那溪沟里的水是黄河水，用大水车引上来。兰州附近一带用水车引黄河水从明朝开始，据说是一位理学家段容思的儿子段续从西南方面学来的。现在有水车两百多架，每架可以灌五十亩到百把亩。

在兰州附近看见好些地里尽是小卵石或是黑色的小石片，平匀地铺在那里，像富春江的江底。我们不明白那是什么玩意儿，打听人家才知道那是兰州农作方面一种特殊的发明。原来兰州的土地干燥，又含着卤质，遇到旱天虽有沟水灌溉，还是嫌干燥，下过大雨卤质若升起来，都对农事不利。于是发明沙地的办法——把湿沙平匀地铺在地面，上面再铺一层小卵石或是小石片来保持它。在旱天，那沙地有减少蒸发、保护幼苗的功用；大雨下过，雨水透过沙地渗到土里，卤质不至于升起来，因而水旱都可以不愁。这是很细致很烦劳的功夫。你想，田地多么大，沙和卵石石片就得铺多么大。可是农民为了生产，愿意下这个又细致又烦劳的功夫。据说铺一回沙可以支持三十年，过了三十年，沙老了，必须去掉旧沙，换上新沙。

黄河又见面了，在铁路的北面。几个人在河岸边慢慢地走，各掮着个长方形的架子，比人身高，架子上是些胀鼓鼓的东西，看不太清楚。可是我们立刻想到那是羊皮筏。看，黄河上一个人蹲在羊皮筏上轻飘飘地浮过去了。羊皮筏闻名已久，现在才亲眼看见，心中涌起这一回非试它一下不可的想头。

看图表，兰州海拔一千五百公尺。路上经过的寒水岔、金家庄两站最高,都在两千公尺以上。从宝鸡到寒水岔是一路往上爬。

(1953年12月16日作)

坐羊皮筏到雁滩

初次看见羊皮筏的照片在二十年前。凭这个东西可以在水上行动，像陆上坐车似的，虽然没有什么不相信，总觉得有些儿特别，有些儿异感。再说这个东西的构造也看不大清楚，胀鼓鼓的仿佛一笼馒头，说是羊皮，可不知道怎么搞的。这回到兰州，才亲眼看见羊皮筏，而且坐了羊皮筏过渡到雁滩——雁滩是黄河中的沙洲。

羊皮筏用的是整张的羊皮。我说整张，也许会引起误会，会叫人家想起做皮袄皮袍子的皮料那样的整张。因而必须赶紧说明，并不是那样展开的整张。打个比方，好比蛇蜕下来的皮，蛇爬到别处去了，蜕下来的皮留着，虽然那么瘪瘪的，可还是蛇的形状——是那样保持着原状的整张。宰羊的人剥羊皮（不用说，羊毛先剃光了），让羊皮从肌肉骨骼上蜕下来，整张上只有四个窟窿。前肢在膝盖的部位切断，一边一个窟窿；脑袋去掉，脖子的部位一个大窟窿；两条后肢全去掉，臀部的一个窟窿更大。把三个窟窿拴紧，留下一个吹气（为方便起见，当然在前肢的两个里头留一个），吹足了气也把它拴紧。于是成了个长形的气囊，还看得出羊身体的形状。

四个或五六个气囊并排连成一排，看羊皮的大小而定。又把三排气囊直里连起来，就成个长方形的连结体。一个连结体少则十二个气囊，多则十五六个。在这连结体上平铺一个长方形的木架，用绳子系着。木架的结构像个横写的"册"字——当然只是大略的比拟罢了，"册"字底下没有一画，可是那架子底下有一画，"册"字只有四直，可是那架子有十多直，两直之间的距离比人的脚短些，一只脚可以在两直上踏稳。这就齐全了，羊皮筏的装置尽在于此了。

不知道一个羊皮筏有多重。看来不会太重，因为筏工用一条扁担支着它，把它背在背上，一只手按住扁担的另一头，走起来挺轻松的。有人雇乘了，讲好价钱，筏工就把它放在河沿水面上，让乘客跨上去。

还有牛皮筏，我们没看见。听说牛皮筏是装重载的，支起帐篷，里面住人，顺流而下驶往宁夏。要是把牛皮筏比作运货大卡车，那么羊皮筏就是小汽车，坐这么几个人，在近处兜兜罢了。

我们听过朋友的解说，说羊皮筏非常稳当，绝对保险，虽然看起来有些异样，跟习惯的船只很少相同之点。我们跨上去，有些晃荡，可是不比西湖里的小划子晃荡得厉害。照惯例，乘客应当两只脚踏在两条横木上，身体蹲下来，着力在两条腿上。我腿力不济，没法蹲，只好一屁股坐下来，下面贴着木条和羊皮。我们四个人，加上筏工跟一个附载的挑面粉的，筏上共载六个人。

羊皮筏吃水极浅，所以能贴近沙滩，便于上下。羊皮筏有弹力，碰着滩石就弹开来，不至于撞破，就是撞破了一个气囊，还有其他十几个气囊在，影响并不大。羊皮筏的底跟面一般大小，就是在水势大、风浪猛的时候，也不过跟着波浪上落而已，无论如何打不翻。我们坐在羊皮筏上谈着这些个，觉得非常稳当的说法确然属实。还有一层，我们想，要是兰州一带羊肉的消费量不怎么大，恐怕也不会有什么羊皮筏吧。

筏工把扁担插入黄流，悠然划着——扁担的身份改变了，它又是桨，又是舵。雁滩横在前面，林木繁茂，金黄色的斜阳照着，一派气爽秋高的景象。对岸的山峯列在雁滩背后，沉默之中透着庄严。朝左望上游，朝右望下游，虽然秋季水落，还是有浩荡渺茫的气势。身下的羊皮筏太渺小了，不妨看作没有这个羊皮筏，于是我们觉得我们跟大自然更亲密了。我们浮在水面上，我们的呼吸跟黄河的流动、连山的沉默、青天的明朗息息相通。往年在四川乐山，渡江游凌云山、乌尤山，方当水涨，小划子在开阔之极的波面上晃荡，我也曾有过同样的感觉。

没有十分钟工夫就到了雁滩。从前没住人的时候，这河中的沙洲当然是雁栖息之所——雁滩原是个写实的名称，同时又富有诗情画意，古来取雁宿洲渚为题材的也不知道有几多诗篇画幅。现在滩上住着好些人家，都以种菜为业，又有公家的农场苗圃，雁大概不会下来栖息了吧。可是雁滩还是个挺耐人寻味的名称。

我们先往农场。果树上没有什么果子了，可是会客室桌子上陈列着两大盘苹果，色彩不一，又好看又大，几乎可以说耀人眼睛。招待我们的一位同志说场里苹果的品种很多，盘子里是四种；又说果子都藏在地窖里了，数量不多，还不能普遍供应；又说农场的任务之一是推广优良品种，兰州产瓜果本来有名，再在选择品种上下功夫，前途更光明了。他一边说一边让我们尝苹果，尝了一种又尝一种，把四种尝遍。

最大型的一种叫"大元帅"——这名称大概就从大型而来，皮作红绿两色，红的地方鲜红，绿的地方翠绿，味甜，入口有松爽的感觉。另一种叫"印度"，皮纯青色，入口爽脆极了，鲜美极了。第三种叫"青香蕉"，跟"印度"一样作纯青色，稍稍淡些，带着香蕉的香味。第四种叫"玉霞"，皮作黄色——像半熟的香蕉那样的黄色，口味也挺不错。很难说四种里头哪一种更好，很难想起以往吃过的苹果也有这么好，一时间尝到这些个好品种，真可以说此游一乐。

尝着好苹果，同时想起幼年吃的苹果。那是四五十年前的事了。中秋前后，苏州水果铺里苹果上市了，至多不过陈列这么五六十个，红绿色的表皮上大多印着黄锈的瘢痕，大的有铜圆那么大。无所谓这种那种的分别，只知道这叫作天津苹果，老远地走海道来的。吃这种苹果也无须用刀子削皮，一般人都用人拇指的指甲从果柄的部分刮到结蒂的部分，好比在地球图上画经线，把整个苹果刮遍，于是表皮就可以撕下来。把撕了皮的苹果送到嘴边一口一口地啃，酥极了，宛如吃豆沙包子，舌头上辨得出细沙似的颗粒，咽下去有饱的感觉。我小时候以为苹果就该那么吃，苹果的味道就是那么不爽不利、粘舌腻喉的。老实说，我对苹果没有多大好感。后来在上海吃新鲜苹果，方才领略到苹果的爽脆和鲜美，好就好在这个爽脆和鲜美，小时候的认识完全不是那么一回事。可是历年吃的新鲜苹果也不算少，仿佛全比不上这回在雁滩吃的。

在雁滩谈起瓜，没吃瓜，可是在别处吃了。兰州的瓜太好了，不能不连带说一说。我要说的叫绿瓤甜瓜，属于香瓜一类。

香瓜一类跟西瓜一类的主要不同点,瓤和肉可以划然分开,不像西瓜那样肉连着瓤,没有显著的界线。咱们吃西瓜吃它的瓤,吃香瓜不吃瓤,吃它的肉。这些都是大家知道的,不必细说。香瓜一类通常有黄金瓜、翠瓜,大略有些儿香味,不怎么甜,有的绝然不甜,上市的时候,咱们也爱尝一尝,应个景儿,可是总不能成为咱们的嗜好。离苏州三十六里有个乡镇叫甪直("甪"音"陆"),我在那里住过好几年,那里出产一种苹果瓜,形状像苹果,小饭碗那么大,青皮绿肉,比一般黄金瓜甜些,苏州一带认为名贵的品种,实际上也不过如此。兰州的绿瓤甜瓜也大略像苹果,有儿童玩的小足球那么大,皮作白色,白里带黄,并不好看,切开来可好看了,嫩绿的肉好像上品的翡翠。咬一口那嫩绿的肉,水分多,味道甜而鲜,稍稍咀嚼几下,就那么和润地咽下去,仿佛没有什么质料似的。吃过一两块,只觉得甜美清凉直透心脾,真可以说无上的享受。这种瓜可以久藏,到春节的时候拿出来,是绝妙的岁朝清赏。

还得说一说哈密瓜。兰州市街在一个拐角处聚集着好些家回民开设的铺子,贩卖新疆的土产特产,哈密瓜就在那里买。哈密瓜也属于香瓜一类,形状像橄榄球,大小也相当。皮作暗绿色,粗糙,有细碎的并不深刻的裂纹。切开来,肉作淡黄色——也可以说淡红色,跟南瓜差不多。甜味似乎比绿瓤甜瓜厚些,不如绿瓤甜瓜的清,水分也比较少些。哈密瓜声名很大,在往时,绝大多数人仅闻其名,不知道究竟是怎么样一件东西。往后交通日益发展,铁路网像蜘蛛网似的结起来,一方面产地讲究培植,提高产量,我想,哈密瓜和兰州的绿瓤甜瓜、"大元帅"之类必然会在各地水果铺里出现，家喻户晓，像广东香蕉、天台柑橘一个样。

说得远了，现在回到雁滩。我们吃过苹果，就出来随处看看。这里是苹果树，那里是梨树、桃树。白杨的苗木密密地插在那里，只看见平行的直干子。沙路旁边的槐树伸展着近乎羽状的叶片。垂柳倒挂下来，叶子一动不动，虽然到了深秋时节，仿佛还不预备凋零似的。四围寂然，只听见黄河流动的静静的声音。

这雁滩是兰州人游息的地方，尤其在夏天。工作人员逢到假日来这里消磨这么一天半天，好在四围全有树木，无论上午下午都可以遮荫，沙地上坐坐躺躺又是挺舒服的。放暑假的学生几乎把这里看作第二学校，大伙聚在一块儿，看一会儿书，做一会儿游戏，开一个什么会，比平时的学校生活还要愉快。兰州夏天本来不怎么热，这雁滩尤其凉爽。在这凉爽的境界里，看那庄严静穆的山峦、浩荡渺茫的黄河，看那山光水色随着朝晚阴晴而变化，简直是精神上洗一回澡，洗得更见清新，更见深湛。

好些个农民挑着满担的花菜往河边，搭乘羊皮筏。那花菜是才在地里割的，赶紧挑出去，下一天早晨兰州市上就有"还没断气"的新鲜花菜。

暮色压下来了，压着连山，压着林木，压着黄河，也压着我们的眉梢。于是我们又跨上羊皮筏。

（1954 年 1 月 10 日作）

登赐儿山

赐儿山距离张家口市区三里光景。据市文化局所编的《名胜古迹》，这座山海拔一千零五公尺，山上有云泉寺，始建于明朝洪武二十六年（1393年）。随着山势，高高低低建筑好些殿宇，都不怎么大，石级小道曲折可通。多数殿宇里供奉道教的神像，如果按《封神榜》来指认，该说得清谁是谁。最高的一座殿宇是玉皇殿，就高度说，大约已经超过半山腰。佛教的殿宇，有一座里佛像最多。小小的三间，有塑像，有壁上的画像，三世如来和地藏菩萨在正中，韦驮站在左边，面朝内。我们几个人戏言，他们大概是厉行精简节约，故而大家挤在一块儿。

赐儿山有水洞冰洞，在半山腰石崖下。两个洞真可以说相距咫尺，可是洞里的情形完全不一样。水洞里泉水下滴，积在洞底，据说有两公尺深，寒冬也不冻结。冰洞里泉水结成冰，上面盖着灰沙，望进去好像铺一块平石板，据说炎夏也不融化。相距那么近，而温凉互异，这是什么道理，可惜没有人给我们作解释。两个洞的前边有两棵大柳树，水洞左上方的石隙中伸出一棵大榆树，相传是元榆明柳。树身那么大，历年那么久，毫无衰老意味，枝叶繁茂，叶色葱绿，给人一种青春盛年的印象。那棵大榆树生根在石隙中，得不到多少土，而能欣欣向荣，尤其奇妙。

或许是得到泉水的滋润之故吧。坐在柳荫下,喝水洞里的水沏的茶,其味甘美。张家口市的居民逢到休假的日子,常到这里或是距离市区七里光景的水母宫玩儿。

水洞冰洞果然奇,古老的榆树柳树也值得欣赏,但是在这赐儿山上眺望,还有一种景色叫你欢喜赞叹,想得很远很远。张家口市东北西三面全是山,峰峦重叠,山色越远越淡。我们站在半山腰,远望那些峰峦,全都染上绿色。那绿色是草吗?不是,是近几年来尤其是今年新栽的树。照原来的计划,全都绿化那些峰峦需要三十多年。照今年的规模,可只要三年,就是说,再加两年工夫,就可以做到全部绿化了。某一座山归某机关负责,某一座山归某学校包下来,全都有了着落。眼前已经是山山有绿意,试想两年以后,不将像江南的山一样地郁郁葱葱吗?这是自古以来没有的事,是破天荒的事。那些峰峦耸起在那里,也说不清经历了多少年,在那么悠久的时间里,哪曾跟树木有过缘分?也不必想到远古的人,只从修筑了长城那时候想起,戍守长城的兵士,进出长城的行旅,历代以来不知有多少人,他们中间谁曾见过那些峰峦上染上绿色,像今天我们所见到的?说真的,我感动极了,不待思索,作成如下一首诗:

叠岭重峰自古然,长城亦复二千年。
望中景色空前史,绿树新栽遍万山。

(1958年6月10日作)

林区二日记

8月8日立秋，上午十点过，我们在牙克石登火车，往大兴安岭林区。牙克石在大兴安岭西边，我们要去的甘河在大兴安岭东边，相距三百五十公里。先经过草原地带，各种草开各色花，就像是到处飞舞着嬉春的彩蝶。既而两旁有散立的松树和白桦了，有缓缓起伏的冈陵了，冈陵上松树和白桦成林。下午四点光景到陵顶站，看站名就知道这儿是这条线路的最高处。在站上望岭北，满眼是绿，多宽广的林海啊！于是我得到两句诗："连山林绿真成海，满地花鲜胜似春。"

一路上逢站停车，停车的时候往往交车。开过来的车全装木材，截得长短如一，叠得整整齐齐。在岭顶站就见一列车蜿蜒而上，出没在林海之中，像一条龙。从前人赞美出山的泉水，因为泉水出了山就要去沾溉大地。这些出山的木材啊，要送到全国各地，支援各方各面的基本建设，同样值得赞美。而木材不会像泉水那样自己跑出去，这就该转而赞美伟大的人力了。听牙克石的萨书记说，从第一个五年计划时期到如今，大兴安岭林区已经输出木材二千万立方米。

身到大兴安岭，才发觉平时的想象错了，同行的人差不多都有这个感觉。从一个"岭"字，就想象到秦岭那样岩峦磅礴，长江三峡那样峰岩重叠,哪里知道完全不对,就是站在岭顶上,前瞻后顾,也只见缓缓起伏的绿浪而已。别处山上树木杂,长得参差,又兼有一搭没一搭的,就见得山形勾勒分明。大兴安岭的林木,百分之八十以上是落叶松,长得整齐,而且略无缺处,远远望去,漫山遍野铺着绿色的绒毯,使群山的线条显得那么柔和,几乎难分界划。我作了这样一首诗:

母林绿暗幼林鲜,嫩绿草原相映妍。
间以桦林挺银干,画家着笔费精研。

我想同样是绿,要分明暗老嫩,这不太容易着笔。而明暗老嫩的界划不甚分明,又加一重难处。至于白桦林,我觉得那些银亮的笔直的线条,掺杂在各个不同而又非常融和的绿色里头,仿佛很调和似的,用画笔来描绘,要是线条生硬一些,选用颜料欠一些斟酌,怕就表现不出那调和的意味,甚至会显得刺目。当然,这只是外行人替画家担忧的想头。

再说落叶松,平时从没想到松里头也有落叶树,总以为松柏联称,凡是松全都是四季青青的。既然落叶,可以想象凉秋而后,整个林区将会变为挺立着亿万株冲天直干的冰雪世界。改换冬装就改得那么彻底。听说落叶松的球果,每颗是三十二个鳞片,每个鳞片有两粒种子。种子长着翅膀,乘风而飞,能达一百米。靠种子的飞翔自然繁殖后代,也不知道经过了多少年岁。可是现在人们采集了种子种在苗圃里,培育成幼苗,再移植到别处去。人工繁殖当然能够称人的心意,环境安排,日常养护,都可以尽往好的方面做，其结果是得到成长较快、质量更好的木材。木材用作煤矿的坑木是一大宗，其他如枕木和电线杆，还有房屋的梁和柱子，也多用落叶松。松树皮可以提炼单宁，在化学工业方面，是一种极重要的原料。

白桦的用处也不小。木材可以制高级的胶合板，当中含糖分很多，可以制糖。树皮可以提炼汽油。总之，如果列一张综合利用表，项目要多得多，我弄不明白，只好从阙。那白桦皮非常可爱，像是细银丝编排成的，闪闪发亮。剥去银亮的外层，里层作玉润的象牙色，纹理那么匀净细腻，叫你不敢心粗气浮随便把它撕破。无论外层内层，如果取作室内的护壁，我以为比糊上花纸漂亮、雅致。不知道有没有建筑家考虑过。

树木当然不止落叶松、白桦两种，还有榆、柳、青杨、樟子松之类，所占成数不大，只是附庸而已。

火车到达甘河在夜间十二点，我们已经入睡了。第二天清早，林业局十几位同志来相迎，到局中小憩，并进早餐。1949年之初，林区就成立三个林业局，工人仅有两千多。逐步发展，到现在已经有二十五个局，三个筹备处，干部工人共有十万二千人。各个局是独立的企业单位，由林业管理局统辖。局在林区分设若干林场，为管理的分支机构。林场又分设若干工段，实做采伐运输培育各项工作。这么多的人深入林区，还有家属，一切生活上的需要都得供应，文化教育上的需要也必须满足，因而一个林业局不仅是一个企业单位，实际上就是一个新的市镇。跟许多矿区垦区水利工程区一样，从前是渺无人烟，仅有自然景物，如今建设起新的市镇，千千万万人在那里安居乐业，为社会主义事业尽力：想想这情景，是多么伟大的转变啊！

进早餐的时候，听说有一位鄂伦春族的青年干部，从鄂伦春自治旗来的，我们就拉他过来，请他边吃边谈。他叫泉博胜，中学毕业，身体壮健，面目清秀，穿一身蓝布制服，说汉话挺流畅。他说鄂伦春族从前过部落生活，每个部落七八户，部落长由大家公推。猎获野兽，平均分配，没有争执。向不定居，哪里有野兽就赶到哪里。麻疹和风湿病是可怕的病患，敬萨满神求治，当然没有什么效果。拿猎获的野货跟外间换一些日用品，受尽人家的欺侮和剥削，不忍细说。1949年以后才像登了天。鄂伦春自治旗建立起来了，到今年国庆节是十周年，族人聚居在旗里的有一千多，还有定居在别地的。各方面得到政府的特别照顾，健康情况大好，青少年都上学，已经有受高等教育的了。他说族人的特点是勇敢而和气，打猎从小学会，他自己打猎的本领就很不错，并非夸口。又说他已经结婚，爱人是汉族，在从前当然是不可能的。

早餐过后，我们上小火车，要经过五十公里，到一处地方叫库中。小铁路是林业管理局所修，轨距零点七六二米。管理局还修好些公路。所以林区的交通线真可以用蛛网来形容，主要为的运木材，也便利工人上班下班。我们所乘的车，构造和大小，跟哈尔滨儿童铁路的客车相仿，双人板椅坐两个人，左右四个人，中间走道挺宽舒。车开得相当慢，慢却好，使贪看两旁景色的人感到心满意足。车窗外就是树木，树木外边还是树木，你说单调吧，一点儿也不，只觉得在林绿之中穿行异常新鲜，神清气爽。古人栽了几棵梧桐或者芭蕉，作诗就要用上"绿天"，未免夸大。这时候我倒真有"绿天"的实感，要是掺些想象的成分，竟可以说映人衣袂都绿。既而看见一条河道与铁路平行，一打听知道这就是甘河，水清见底，水顺着流向徐徐袅动。我又得诗一首：

波梳水草成纹理，澄澈甘河天影蓝。
高柳临流蝉绝响，清秋景色宛江南。

我注意到绝未听见蝉声，后来与老舍先生交换看诗稿，不约而同，他也有"蝉声不到兴安岭"之句。究竟是兴安岭上本没有蝉，还是岭上气候较凉，蝉声早歇，我们二人都不知道。问几位陪我们入林的同志，也没得到确切的回答。

午后十二点半到库中，一下车就往左边的原始林跑去。所谓原始林，就是从没经过采伐的，那些树自生自枯，世代相传，占着这块地方，并且逐渐扩大领土。拿落叶松来说，从幼苗到长足要一百年到一百二十年，看年轮就可以知道。而从长足到枯死，到腐朽，又不知道要经过多少年。眼前这些挺得高高的生气蓬勃的落叶松，是开始居留在这里的祖先的第几代后裔呢？脚踏在地上，软软的，陷到脚踝，原来青草和结着浆果的小灌木底下，尽是松针和断枝碎皮，或者已经腐烂，或者将腐未腐，也不知道有多厚。这些松针和断皮碎皮，是多少世代的生命的残骸呢？边跑边想，总觉想不清楚。

挑定一处地方，在地上铺了几方毡毯，大家坐下来。我学几位同志的样，索性躺下来，伸展四肢，仰面朝天，看明蓝的高天和悠闲的白云。落叶松的树冠并不相互邻接，因而不至于翳天蔽日，阳光漏下来，照得身上微微发汗。望那些树干，挺极了，好像都不是静止的，棵棵都在往上伸，直欲伸到蓝天。忽然听见枪响，就有人说打中了，是一只乌鸡。谁打的？当然是泉博胜。泉博胜证实了他并非夸口，好几个人背着枪捧着乌鸡照相，分享他的成功的欢快。乌鸡大如鹅，全身乌黑，只翅膀边上有几片白羽。

在原始林中野餐，在原始林中听歌看舞蹈，全是平生所未经，那新鲜意趣实在难写难描。继而工人为我们表演锯树。一个人一条腿跪在地上，手里的锯离地不到一尺，就树干的这边锯，又就树干的那边锯，大约五分钟光景，一棵落叶松就横倒了。数数年轮，八十多岁，还没长足。又改用柴油锯锯另外一棵。柴油锯不需人力推拉，省力气，锯得快，只消两分钟，树就横倒了。听说还有一种电锯，也锯得快，可是电缆横在地上未免碍事，不及柴油锯方便。

锯树总算看到了，但是没看到一个工段多数工人在那里采伐的热闹场面。刚交秋令，还没下雪，大量木材从冰道上滑下去的情景当然无从看到。大家说，到冬季咱们再来吧。因为林区管冬令叫黄金季节，采伐运输最繁忙，看辛勤的人在冰天雪地里活跃，精神上该会得到极大的鼓舞。

在回到甘河的车中，我回味原始林中的印象，又作一首诗：

株株竞上望如伸，原始林中卧碧茵。
倏见乌鸡应声坠，神枪无愧鄂伦春。

（1961年10月27日作）

传统篇
苏州园林·景泰蓝的制作

苏州园林[1]

苏州园林据说有一百多处，我到过的不过十多处。其他地方的园林我也到过一些。倘若要我说说总的印象，我觉得苏州园林是我国各地园林的标本，各地园林或多或少都受到苏州园林的影响。因此，谁如果要鉴赏我国的园林，苏州园林就不该错过。

设计者和匠师们因地制宜，自出心裁，修建成功的园林当然各各不同。可是苏州各个园林在不同之中有个共同点，似乎设计者和匠师们一致追求的是：务必使游览者无论站在哪个点上，眼前总是一幅完美的图画。为了达到这个目的，他们讲究亭台轩榭的布局，讲究假山池沼的配合，讲究花草树木的映衬，讲究近景远景的层次。总之，一切都要为构成完美的图画而存在，绝不容许有欠美伤美的败笔。他们唯愿游览者得到"如在画图中"的美感，而他们的成绩实现了他们的愿望，游览者来到园里，没有一个不心里想着口头说着"如在画图中"的。

我国的建筑，从古代的宫殿到近代的一般住房，绝大部分是对称的，左边怎么样，右边也怎么样。苏州园林可绝不讲究对

---

[1] 选自《百科知识》1979年第4期。略有删节。原题为《拙政诸园寄深眷——谈苏州园林》。拙政园，苏州古典园林之一，始建于明正德年间（1506—1521）。

称，好像故意避免似的。东边有了一个亭子或者一道回廊，西边绝不会来一个同样的亭子或者一道同样的回廊。这是为什么？我想，用图画来比方，对称的建筑是图案画，不是美术画，而园林是美术画，美术画要求自然之趣，是不讲究对称的。

苏州园林里都有假山和池沼。假山的堆叠，可以说是一项艺术而不仅是技术。或者是重峦叠嶂，或者是几座小山配合着竹子花木，全在乎设计者和匠师们生平多阅历，胸中有丘壑，才能使游览者攀登的时候忘却苏州城市，只觉得身在山间。至于池沼，大多引用活水。有些园林池沼宽敞，就把池沼作为全园的中心，其他景物配合着布置。水面假如成河道模样，往往安排桥梁。假如安排两座以上的桥梁，那就一座一个样，绝不雷同。池沼或河道的边沿很少砌齐整的石岸，总是高低屈曲任其自然。还在那儿布置几块玲珑的石头，或者种些花草：这也是为了取得从各个角度看都成一幅画的效果。池沼里养着金鱼或各色鲤鱼，夏秋季节荷花或睡莲开放，游览者看"鱼戏莲叶间"，又是入画的一景。

苏州园林栽种和修剪树木也着眼在画意。高树与低树俯仰生姿。落叶树与常绿树相间，花时不同的多种花树相间，这就一年四季不感到寂寞。没有修剪得像宝塔那样的松柏，没有阅兵式似的道旁树：因为依据中国画的审美观点看，这是不足取的。有几个园里有古老的藤萝，盘曲嶙峋的枝干就是一幅好画。开花的时候满眼的珠光宝气，使游览者感到无限的繁华和欢悦，可是没法说出来。

游览苏州园林必然会注意到花墙和廊子。有墙壁隔着，有廊子界着，层次多了，景致就见得深了。可是墙壁上有砖砌的各式镂空图案，廊子大多是两边无所依傍的，实际是隔而不隔，界而未界，因而更增加了景致的深度。有几个园林还在适当的位置装上一面大镜子，层次就更多了，几乎可以说把整个园林翻了一番。

游览者必然也不会忽略另外一点，就是苏州园林在每一个角落都注意图画美。阶砌旁边栽几丛书带草。墙上蔓延着爬山虎或者蔷薇木香。如果开窗正对着白色墙壁，太单调了，给补上几竿竹子或几棵芭蕉。诸如此类，无非要游览者即使就极小范围的局部看，也能得到美的享受。

苏州园林里的门和窗，图案设计和雕镂琢磨功夫都是工艺美术的上品。大致说来，那些门和窗尽量工细而绝不庸俗，即使简朴而别具匠心。四扇，八扇，十二扇，综合起来看，谁都要赞叹这是高度的图案美。摄影家挺喜欢这些门和窗，他们斟酌着光和影，摄成称心满意的照片。

苏州园林与北京的园林不同，极少使用彩绘。梁和柱子以及门窗栏杆大多漆广漆，那是不刺眼的颜色。墙壁白色。有些室内墙壁下半截铺水磨方砖，淡灰色和白色对衬。屋瓦和檐漏一律淡灰色。这些颜色与草木的绿色配合，引起人们安静闲适的感觉。花开时节，更显得各种花明艳照眼。

可以说的当然不只以上这些，这里不再多写了。

景泰蓝的制作

一天下午，我们去参观北京市手工业公司实验工厂，粗略地看了景泰蓝的制作过程。景泰蓝是多数人喜爱的手工艺品，现在把它的制作过程说一说。

景泰蓝拿红铜做胎，因为红铜富于延展性，容易把它打成预先设计的形式，要接合的地方又容易接合。一个圆盘子是一张红铜片打成的，把红铜片放在铁砧上尽打尽打，盘底就洼了下去。一个比较大的花瓶的胎分作几截，大概瓶口、瓶颈的部分一截，瓶腹鼓出的部分一截，瓶腹以下又是一截。每一截原来都是一张红铜片。把红铜片圈起来，两边重叠，用铁锤尽打，两边就接合起来了。要圆筒的哪一部分扩大，就打哪一部分，直到符合设计的意图为止。于是让三截接合起来，成为整个的花瓶。瓶底可以焊上去，也可以把瓶腹以下的一截打成盘子的形状，那就有了底，不用另外焊了。瓶底下面的座子，瓶口上的宽边，全是焊上去的。至于方形或是长方形的东西，像果盒、烟卷盒之类，盒身和盖子都用一张红铜片折成，只要把该接合的转角接合一下就是，也不用细说了。

制胎的工作其实就是铜器作的工作，各处城市大都有这种铜器作，重庆还有一条街叫打铜街。不过铜器作打成一件器物就完事，在景泰蓝的作场里，这只是个开头，还有好多繁复的工作在后头呢。

第二步工作叫掐丝，就是拿扁铜丝（横断面是长方形的）粘在铜胎表面上。这是一种非常精细的工作。掐丝工人心里有谱，不用在铜胎上打稿，就能自由自在地粘成图画。譬如粘一棵柳树吧，干和枝的每条线条该多长，该怎么弯曲，他们能把铜丝恰如其分地剪好曲好，然后用钳子夹着，在极稠的白芨浆里蘸一下，粘到铜胎上去。柳树的每个枝子上长着好些叶子，每片叶子两笔，像一个左括号和一个右括号，那太细小了，可是他们也要细磨细琢地粘上去。他们简直是在刺绣，不过是绣在铜胎上而不是绣在缎子上，用的是铜丝而不是丝线、绒线。

他们能自由地在胎上粘成山水、花鸟、人物种种图画，当然也能按照美术家的设计图样工作。反正他们对于铜丝好像画家对于笔下的线条，可以随意驱遣，到处合适。美术家和掐丝工人的合作，使景泰蓝器物推陈出新，博得多方面人士的爱好。

粘在铜胎上的图画全是线条画，而且一般是繁笔，没有疏疏朗朗只用少数几笔的。这里头有道理可说。景泰蓝要涂上色料，铜丝粘在上面，涂色料就有了界限。譬如柳条上的每片叶子由两条铜丝构成，绿色料就可以填在两条铜丝中间，不至于溢出来。其次，景泰蓝内里是铜胎，表面是涂上的色料，铜胎和色料，膨胀率不相同。要是色料的面积占得宽，烧过以后冷却的时候就会裂。还有，一件器物的表面要经过几道打磨的手续，打磨的时候着力重，容易使色料剥落。现在在表面粘上繁笔的铜丝图画，实际上就是把表面分成无数小块，小块面积小，无论热胀冷缩都比较细微，又比较经得起外力，因而就不至于破裂、剥落。通常谈文艺有一句话，叫内容决定形式。咱们在这儿套用一下，是制作方法和物理决定了景泰蓝掐丝的形式。咱们看见有些景泰蓝上画的图案画，在图案画以外，或是红的，或是蓝的，只要占的面积相当宽，那里就嵌几条曲成图案形的铜丝。为什么一色中间还要嵌铜丝呢？无非使较宽的表面分成小块罢了。

粘满了铜丝的铜胎是一件值得惊奇的东西。且不说自在画怎么生动美妙，图案画怎么工整细致，单想想那么多密密麻麻的铜丝没有一条不是专心一志粘上去的，粘上去以前还得费尽心思把它曲成最适当的笔画，那是多么大的功夫！一个二尺半高的花瓶，掐丝就要花四五十个工。咱们的手工艺品往往费大工夫——刺绣、刻丝、象牙雕刻，全都在细密上显能耐。掐丝跟这些工作比起来，可以说不相上下，半斤八两。

刚才说铜丝是蘸了白芨浆粘在铜胎上的，白芨浆虽然稠，却经不住烧，用火一烧就成了灰，铜丝就全都落下来了，所以还得焊。先在粘满了铜丝的铜胎上喷水，然后拿银粉、铜粉、硼砂三种东西拌和，均匀地筛在上边，放到火里一烧，白芨成了灰，铜丝就牢牢地焊在铜胎上了。

随后就是放到稀硫酸里煮一下，再用清水洗。洗过以后，表面的氧化物和其他脏东西都去掉了，涂上的色料才可以紧贴着红铜，制成品才可以结实。

于是轮到涂色料的工作了，他们管这个工作叫点蓝。涂上的色料有好些种，不只是一种蓝色料，为什么单叫点蓝呢？原来这种制作方法开头的时候多用蓝色料，当时叫点蓝，就此叫开了。

(我们苏州管银器上涂色料叫发蓝,大概是同样的理由。)这种制品从明朝景泰年间十五世纪中叶开始流行,因而总名叫景泰蓝。

用的色料就是制颜色玻璃的原料,跟涂在瓷器表面的釉料相类。我们在作场里看见的是一块块不整齐的硬片,从山东博山运来的。这里头基本质料是硼砂、硝石和碱,因所含的金属矿质不同,颜色也就各异。大概含铁的作褐色,含铀的作黄色,含铬的作绿色,含锌的作白色,含铜的作蓝色,含金含硒的作红色……

他们把那些硬片放在铁臼里捣碎研细,筛成细末应用。细末里头不免掺和着铁臼上磨下来的铁屑,他们利用吸铁石除掉它。要是吸得不干净,就会影响制成品的光彩。看来研磨色料的方法得讲求改良。

各种色料的细末都盛在碟子里,和着水,像画家的画桌上一样,五颜六色的碟子一大堆。点蓝工人用挖耳似的家伙舀着色料,填到铜丝界成的各种形式的小格子里。大概是熟极了的缘故,不用看什么图样,自然知道哪个格子里该填哪种色料。湿的色料填在格子里,比铜丝高一些。整个表面填满了,等它干燥以后,就拿去烧。一烧就低了下去,于是再填,原来红色的地方还是填红色料,原来绿色的地方还是填绿色料。要填到第三回,烧过以后,色料才跟铜丝差不多高低。

现在该说烧的工作了。涂色料的工作既然叫点蓝,不用说,烧的工作当然叫烧蓝。一个烧得挺旺的炉子,燃料用煤,炉膛比较深,周围不至于碰着等着烧的铜胎。烧蓝工人把涂好色料的铜胎放在铁架子上,拿着铁架子的弯柄,小心地把它送到炉膛里去。只要几分钟工夫,提起铁架子来,就看见铜胎全体通红,红得发亮，像烧得正旺的煤。可是不大工夫红亮就退了，涂上的色料渐渐显出它的本色，红是红，绿是绿的。

涂了三回烧了三回以后，就是打磨的工作了。先用金刚砂石水磨，目的在使成品的表面平整。所谓平整，一是铜丝跟涂上的色料一样高低，二是色料本身也不许有一点儿高高洼洼。磨过以后又烧一回，再用磨刀石水磨。最后用椴木炭水磨，目的在使成品的表面光润。椴木木质匀净，用它的炭来水磨，成品的表面不起丝毫纹路，越磨越显得鲜明光滑。旁的木炭都不成。

椴木炭磨过，看来晶莹灿烂，没有一点儿缺憾，成一件精制品了，可是全部工作还没完，还得镀金。金镀在全部铜丝上，方法用电镀。镀了金，铜丝就不会生锈了。

全部工作是手工，只有待打磨的成品套在转轮上，转轮由马达带动的皮带转动，算是借一点儿机械力。可是拿着蘸水的木炭、磨刀石挨着转动的成品，跟它摩擦，还得靠打磨工人的两只手。起瓜棱的花瓶就不能套在转轮上打磨，因为表面有高有低，洼下去的地方磨不着，那非纯用手工打磨不可。

（1955年3月22日作）

荣宝斋的彩色木刻画

所谓彩色木刻画就是用木刻套印的方法印成的画幅，人物、花鸟、山水……差不多跟中国画画家笔下的真迹一模一样。我家里挂着一幅新罗山人的花鸟画，一块石头前伸出一枝海棠，三只红胸鸟停在枝上，上下照应，瞧那神气正在那里使劲地叫。朋友们见了，有的说这一幅画得好，有的不言语，只是默默地观赏，也许还在那里想怎么我也收藏起名家的作品来了。等我说明这是彩色木刻画，荣宝斋的出品，他们都不期然而然地吐出一声："啊！"——这"啊！"里头含着惊奇、不相信的意味。可见彩色木刻画简直可以"乱真"了。

在16世纪，我国就有彩色木刻画，多半印在诗笺上。诗笺是二十多厘米高的小幅，听名称就可以知道它的用处。文人作成诗，总爱写给朋友们看看（那时候还没有报和杂志，也就没有投稿发表这回事），或者那首诗是特地赠给谁的，更非写录不可。把精心结撰的诗篇写在印着彩色画的诗笺上拿出去，当然比写在白纸上漂亮得多。

诗笺也拿来写信。要是按实定名，写信的该叫信笺。信稿起得好，又是一手好字，写在印着彩色画的信笺上，可以使收信人在了解实务、领略深情以外多一分享受。

近年来我国送些出版物到国外去展览，其中有笺谱，也许"笺谱"这个名称确实不容易翻，就翻成"画集"。"集"跟"谱"固然可以相通，都是"汇编"的意思，可是"笺"是诗笺和信笺，表示一定的用途，只因笺上有画就管它叫"画"，不免引起误会。为了解除误会，我特地在这里提一下。

诗笺、信笺上印彩色画，彩色画有各种各样的画法，印起来有容易有难。譬如一幅花卉，花朵、叶子、枝条全用墨色线条勾勒，花朵着红色，叶子着绿色，枝条着棕色，只要按色分刻四块板子——墨色、红色、绿色、棕色各一块——套印就成，那比较容易。花鸟画还有所谓没骨法，不用线条勾勒，只用彩色渍染，譬如画一张荷叶，绿色有浓有淡，有些地方用湿笔，绿色从着笔处稍微溢出，有些地方用枯笔，显出好些没着色的条纹，印出来就比较难。可是印造诗笺、信笺的摸索出一套方法，练成一套技术，也能够照样办到，总之，原画怎么样就印成怎么样。咱们现在看荣宝斋仿造的《十竹斋笺谱》，里头就有用这样的印法的。《十竹斋笺谱》的原本在崇祯十七年出版，还是17世纪中段的东西呢。

我小时候喜欢从纸店里买些诗笺玩儿，都是线条画，套印不过两色。这个东西跟文人有缘，大概文人比较多的地方就有。一般人既然不作诗，写信又没有什么讲究，当然用不着这种画笺。北京地方印造这种画笺的最多，理由很容易了解，不用多说。据朋友告诉我，清朝末年有懿文斋、松古斋、秀文斋、宝文斋、宝晋斋、万宝斋、松华斋、荣禄堂、翰宝斋、翰雅斋、彝宝斋、清秘阁这么些家，出品都是单色的。还有一家松竹斋最出名，有二百多年的历史，庚子事变的时候倒闭了，后来改组成荣宝斋。现在荣宝斋经过改造，已经是国有的企业。

荣宝斋印过翁同龢画的梅花屏四条，又仿造过诒王府的彩色角拱花笺，很有名，后来渐渐印笺谱，仿造的《十竹斋笺谱》是出色的成绩。最近多印册页、条幅，册页有《现代国画》《敦煌壁画选》、沈石田的《卧游》画册……条幅有方才说的新罗、山人的花鸟画，有齐白石先生、徐悲鸿先生的作品，全是木刻套印的。册页比诗笺大三四倍，条幅更大了，新罗山人的那一幅，高一公尺二十六厘米，宽四十一厘米半。可见荣宝斋的新的努力是使彩色木刻画向大幅发展。

我参观过荣宝斋的工场，现在据参观所得谈谈彩色木刻画的制作方法和技术。

得从板子说起，有了板子才可以印刷。刻板子先得描底稿。像方才说的花朵着红色、叶子着绿色、枝条着棕色的画，只要照原画分色勾描，原画有几色，描成几张底稿就成了。勾描用映写法，就是拿半透明的薄纸蒙在原画上，看准原画用细线条勾描。至于用彩色渍染的画，一个颜色里有浓淡，一个地方着好几色，或者还有湿笔、枯笔，那么分析板子就是大工夫。不明白画理没法下手，还得熟悉印刷的技术。设计的人从画理和印刷的技术着眼，认定哪儿的浓淡得分刻几块板子，哪儿的几色可以合用一块板子，哪儿的湿笔只要印刷的时候使些手法就成，然后分别勾描。勾描是极细致的工作，描得进一线出一线就走了样，张张底稿描得准确，位置不差分毫，印起来才套得准。一幅彩色不怎么繁复的画，至少也得分别描成六七张底稿。这还是就册页说。至于条幅，高度在一公尺以上，即使上方和下方有些部分彩色完全相同，可是印刷条件有限制，不能够同时印刷，也得分别描成几张底稿。譬如一幅花卉，上方的、中部的、下方的一部分叶子都是淡绿色，彩色虽然相同，也得描成三张底稿，刻成三块板子，分三次印刷。像我说的新罗山人的那幅花鸟画，勾描下来分成四十九张底稿，刻成四十九块板子，印刷的次数还要多，因为有些板子要印两次或三次。看起来那么雅淡简洁的一幅画，不知道底细，谁也不会相信制作的手续是这么繁复的。

方才说拿薄纸蒙在原画上勾描，描出来自然跟原画一样大小，也可以改变原画的大小，让印成的画幅比原画小些或者大些，这要依靠照相。照相把原画缩小或者放大，然后依据照片勾描，原画放在旁边随时参考。印造彩色木刻画全部是手工，只有在这个场合才利用现代的机械。

分别描成底稿，随后的工作就是刻板子。底稿反贴在刨平的木板上，跟刻书一样，刻成的板子是反的。木板是杜梨木，木质坚实匀净。我国木刻向来用杜梨木和枣木，所以"梨枣"成了木刻的代称。

工人刻板子的时候，右手握着刀柄，左手的拇指和食指帮着推动刀尖，那么细磨细琢地刻画着。原画放在旁边随时参考。所谓参考主要在体会原画的笔意，只有传出原画的笔意才能刻得真，不走样。柔和的线条要保持它的柔和，刚劲的线条要显出它的刚劲，无论什么形状的笔触要没有斧凿痕，全都像画笔落在纸上的那个样儿，这固然靠勾描的功夫到家，可是勾描得好而刻工差劲，那就前功尽弃。所以刻板子的人也得明白画理，他要辨得出笔触的意趣，能够领会什么是柔和和刚劲，还得得心应手，实践跟认识一致，才能把板子刻得像样儿。鸟身上的羽毛，花心里的花蕊，一丝一缕都得细细地刻。还有那些枯笔，笔意若断若续，就得还它个若断若续。落笔的地方是极细的一<u>丝丝</u>，一<u>丝丝</u>之间是空白的一<u>丝丝</u>，这<u>些丝丝</u>全要照样刻出来，不容一丝有一些斧凿痕。我国善本书的书板向来称为精工的制作，现在谈的这个画板，比书板还要精工得多。

板子刻成以后，就是印刷了。先说说印刷的设备。这跟我国印木板书的设备一样。印刷桌的平面上挖一道比较宽的空隙，木板固定在空隙的左边，待印的一叠纸张固定在空隙的右边。往右边摊开的纸张翻到左边的木板上，印过以后让它从空隙那里垂下去，再翻第二张。固定木板，现在荣宝斋用的是外科中医用的膏药。这东西胶性很强，不致移动，可是用力挪移木板还是可以挪动，试印的时候校正位置挺方便——校正位置是一项重要工作，必须试得丝毫没有差错才能正式开印，不然就套不准。固定纸张的方法是拿一根木条把一叠纸的右边压住，木条两头拴紧，使它不能移动。一叠纸有它的厚度，压住的时候必须使每一张稍微错开点儿，这才从头一张纸到末了一张纸，板子都能印在全张纸的同一个位置上。

印刷不用油墨，用中国画画家用的颜料。换句话说，原画上用的什么颜料，印刷也用什么颜料。预先把颜料调好，水分多少，浓淡怎样，都得对照原画。原画是早已干了的，必须估计到调好的颜料印在纸上干了以后怎么样，才可以不致差错。这全凭经验，经验里头包括眼睛的辨别力、调色的技巧，还有对于纸张的性质的认识。

纸张用宣纸，因为中国画画家作画大都用宣纸，既然要印造得跟原画一模一样，用纸自然应该相同。再说，用毛笔画水彩画只有画在宣纸上最合适。道林纸、铜板纸上虽然不是绝对不能画，画出来至少会减少画的意趣。譬如一笔浓笔画在道林纸、铜板纸上，着笔的地方跟纸面空白的地方必然界线分明，像刀刻似的，这就减少了意趣。要是毛笔多蘸了些水，涂上去水就浮在纸面上，彩色着不上纸，那还成个画？像齐白石先生常画的浓淡墨掺和着的大荷叶，道林纸、铜板纸上简直没法画。宣纸比道林纸、铜板纸松，质地匀净滋润，能吸水，无论浓笔湿笔，涂上去全能适应。水彩、毛笔、宣纸是中国水彩画的物质条件，彩色木刻画既然是仿造中国水彩画，自然不能不采用宣纸。

印册页、条幅都用双层宣纸，双层是造纸的时候就粘起来的。用双层纸印，彩色更好更美观。有些旧画的纸张，颜色变了，不像新宣纸那么白，仿造这些旧画的时候，宣纸就得先染色，染成旧纸的颜色。

宣纸是安徽泾县出产的，在宣城集中外销，所以叫宣纸。历史很久了，唐朝时候就有这种纸，明清两代生产最发达。原料是檀木的皮。用途除供文人写字作画以外，还可以印木板书。抗日战争一开始，泾县的造纸户全部垮了台，直到解放时期也没恢复。后来组织宣纸联营处，最近又由地方政府投资，联营处改为公私合营。造纸工人见宣纸还有相当的需要，都表示决心，保证今后数量够用，质量提高。他们的经验和技术足够实现他们的保证，质量达到明清产品的标准不成问题，并且还可以超过。今后中国画画家和彩色木刻画的印造家可以不愁没有好纸用了。

　　现在该谈印刷的方法了。印刷的时候，原画当然也得挂在旁边。工人用毛笔蘸丫调好的颜料涂在板子上，然后翻过一张纸，左手把纸拉平，右手拿一个叫"耙子"的家伙（大略像擦黑板的刷子，底面用棕皮包平，稍微有些弹性）在纸背面贴着板子的部分砑印。这么说来好像印刷挺简单似的，其实不然。涂上颜料以后先得用一个细棕刷子（形状像咱们剃胡子时候拿来蘸肥皂的刷子，不过大得多，一大把细棕丝理得挺平的）刷过，使板面的颜料匀净，边缘上不致有溢出的颜料。如果是一块有一部分该印淡色的板子，譬如一张秋海棠叶，右边缘的绿色非常淡，那么把绿色颜料涂在板子上以后，就得擦掉右边缘的颜料，再用细棕刷子蘸了水轻轻刷过，然后印刷。这样，右边缘的颜料虽然擦掉了，可是木板上还保留着绿色的水分，因而印出来刚好是极淡的绿色，又因为用刷子刷过，印出来的极淡的部分跟其他部分没有划然的界线。又如某一块板子在原画上是湿笔，涂在这块板子上的颜料就得有适当的水分，水分必须不多也不少，印出来才能跟原画一致。以上说的全是翻过纸来印刷以前的事儿。再说纸张蒙在板子上，拿耙子在纸背面砑印也大有分寸。哪块板子该实实在在地印，哪块板子只要轻轻一印，全靠对于挂在旁边的原画的体会。至于得心应手印得恰如其分，那就非有熟练技巧不可。

　　哪一色的板子先印，哪一色的板子后印，这里头有讲究。哪一色得等前一色干了以后印，哪一色得在前一色没干的时候印，这里头也有讲究。这些讲究全跟画家作画的当时一样。遇到浓重的彩色，印一次不够，就再印一次，甚至印三次，这等于画家的画笔在纸面上浓涂。

印小幅是一个人的工作。印比较大的就得添一个人，帮着翻纸张，拉平纸张。印过一张还得看看有没有毛病，然后让它从印刷桌的空隙那里垂下去，工作当然不会怎么快。整个工场里静静的，跟现代印刷厂的气氛完全不同。咱们跑进现代印刷厂的车间，所有机器都在那里动，机器声似乎把全车间的空气给搅动了，因而视觉、听觉、触觉的器官全让动的感觉给占据了。在印刷彩色木刻画的工场里可没有这样的感觉。

还有一点该说一说。一幅画经过印刷，许多板子的边缘把纸面挤得洼下去，必然留下痕迹，这在原画上显然是没有的。可是不碍事，印成的画幅经过砑平托裱，就没有什么了。

中国彩色画也可以用彩色铜板、彩色胶板精印，可是铜板印的、胶板印的总觉得像张照片（看铜板、胶板印的油画就不大有这个感觉）。这是没有办法的，纸是铜板纸，彩色是油墨，物质条件不同了，当然不能完全传出原画的意趣。彩色木刻画用的纸张、颜料跟原画完全相同，只是用木板代替了毛笔，在雕刻和印刷的技术上又尽量设法不失毛笔画的意趣，所以制成品简直可以"乱真"。一幅精工的彩色木刻画不但是上好的工艺品，而且是比原画毫无愧色的艺术品。

（1954 年 3 月 3 日作）

刺绣和缂丝

最近在苏州参观江苏省工艺美术研究所。敞亮的工作室里，著名的金静芬老太太与好些中年妇女和女青年在那里刺绣，大多是赶制"七一"的献礼品。谁都像忘了自己似的，全神贯注在一上一下的针线上，使参观的人不敢轻轻地咳嗽一声，不敢让脚步有一点儿声音。"绷架"上或是大幅，或是小品，大幅几个人合作，小品一个人独绣。花线渐渐填充双钩的底稿，于是一只有神的眼睛出现了，一张娇艳的嫩叶出现了，层叠的峰峦显出了明暗，烂漫的花朵显出了阴阳。

大凡工艺美术的活儿，要是要求不高，竟可以说人人干得来。譬如刻图章，说容易真容易，阴文只要把字的笔画刻掉，阳文只要把字的笔画留着。有些小学生中学生爱找一块图章石买一把刻刀来玩儿，缘由之一就在刻图章这么容易。但是要讲布局，要讲刀法，要讲整个图章的韵味，就连积年的老手也未必个个图章都能踌躇满志。刺绣这活儿，无非拿花线填充底稿而已，只要针针刺在界限上，线跟线不散开也不重叠，就成了，这还不容易？但是要讲选用花线颜色恰到好处，要讲丝毫不露针线痕迹，要讲整幅绣品站得起来，透出生气和活力，就跟画家画一幅惬心之作一样，是不怎么容易的艺术造诣。有些绣品诚然平常，如演员身上穿的戏衣，如百货店柜台里陈列的椅垫枕套。我看江苏省工艺美术研究所完成的绣品，却几乎幅幅是惬心之作，是不用画笔而用针线画成的好画。在从前，谁绣出这么一两幅，人家就交口赞誉，称为"针神"了。而现在"针神"竟有这么多，静静地坐在那里刺绣的老年中年青年人全都是"针神"！百花齐放的时代啊！她们的成品在好些刺绣车间里是制作的楷模，在展览会和陈列馆里是引人注目的展品，在国际交往间是最受欢迎的礼物，需要那么多，因而经常供不应求。

新创的针法听说有好多种，没仔细打听，说不上来。研究所正在写稿子，总结种种经验，我很盼望早日成书问世，虽然完全隔行，也乐于知其梗概。一句话给我印象很深，说努力的方向在使画面富于立体感。的确，我们看见的旧时的佳绣，工致匀净有余，生动活泼不足，换句话说，就是缺少立体感。要画面富于立体感，就是说，绣品要超过旧时的佳绣，真够得上称为生动活泼的好画。这个方向定得好，见出革新的精神和追求的勇气。而摆在面前的绣品，几乎幅幅是好画，又可见新针法新经验已经起了作用，所谓富于立体感已经在艺术实践中做到了。刺绣固然不是垂绝之艺，可是一代一代传下来，艺术上的发展不怎么大。现在多数人集体钻研，共同实践，有意识地要它发展，发展果然极大，往后精益求精，前途何可限量。这儿我只是就苏绣而言，此外如湘绣广绣，虽然知道得很少，想必跟苏绣一样，近年来艺术上也有大发展，为历来所不及。从刺绣我又联想到同属工艺美术的木刻水印术，十年来的发展多大啊！十年以前，表现北京荣宝斋最高造诣的是《北平笺谱》和《十竹斋笺谱》，到现在，《文苑图》和《夜宴图》的复制品挂在荣宝斋的橱窗里了。要不是亲眼看见,亲耳听说,很难相信从比较简单的笺谱发展到《文苑图》《夜宴图》那样要印几百次才完成的工笔绢画(《夜宴图》现在才复制一段,五段复制齐全,估计要印一千八百次),只有十年工夫。总而言之,各种工艺美术像是结伴合伙似的,赶在最近这十年间都来个大大的发展。这几乎不须列举若干个为什么,套用一句"其故可深长思矣"也就够了。

对于女青年,研究所规定常课,要她们练习绘画,这个措施极有意义。既然要用针线画画,练习用画笔画画自然有很大好处,从这中间通达画理,无论选线运针就都有另外一副眼光了。我知道在那里刺绣的老年中年人,她们年轻的时候没受过这种基本训练。她们从小学刺绣,无非练成个手艺,贴补些家用而已,精不精并非主要考虑的事,偶尔有几个人用力勤,用心专,天分又比较高些,才成为好手。现在不同于她们年轻的时候了,刺绣是工艺美术之一,要学就非精不可,于是注重基本训练,借以保证人人能精。这是现在青年的好运气,也是刺绣艺术的好运气。

研究所里不仅刺绣一门,还有缂丝、象牙雕刻、黄杨浮刻,这几门也是制作兼研究,所以这机关叫作工艺美术研究所。现在光说缂丝。缂丝是始于宋代的一种丝织工艺,宋以来的缂丝佳作,现在在少数几个博物馆里还可以看到。在清代,苏州担负了皇家的织造任务,缂丝就在苏州流传,织工聚集在城北叫陆墓的小镇上,主要织造宫中所用的袍料。近几十年来,干这一行的越来越少了,知道什么叫缂丝的也不太多了,缂丝成为垂绝之艺了。1955年初冬我到苏州去,那时候刺绣合作社(就是研究所的前身）刚组织起来，就从陆墓请来几位老艺人，让他们传授这个垂绝之艺，其中一位姓沈，七十多了。这一回没见着沈老，听说他还健康。堪喜的是现在不织什么袍料，而是继承着宋以来佳作的传统，织优秀的画幅了。更堪喜的是老一代培养年轻一代，缂丝这一种工艺不仅保存下来，而且将像刺绣一样，老树枝上开出新鲜的花朵。

缂丝是怎么一回事呢？不妨拿刺绣来比较。刺绣是在现成的料子上加工，绣出图画或是文字，缂丝是在织作的时候织出图画或是文字，织料子织花纹一气呵成。缂丝又跟织彩缎文锦不一样。彩缎文锦也是织料子织花纹一气呵成的，因为图案有规则，彩色有限制，依靠纹工的事先安排，各色纬线一梭去一梭来，梭梭都径直穿过。缂丝可不一定织图案，彩色看稿样而定，譬如稿样是一幅花卉，彩色很复杂，每种彩色又有不同程度的深淡，缂丝都得照样织出来。这就不是纹工所能事先安排的了，只能把花卉画的轮廓描在经线上，用小梭子引着深淡不同的各色纬线，看准稿样的彩色一截一截地织，某一梭该三根经线宽就织三根经线，某一梭该五根经线宽就织五根经线。两脚踩着织机的踏板，牵动经线一上一下。一堆小梭子搁在旁边。手里拿个小铁篦挑起几根经线，就捡一个适当的小梭子穿过去，随即用小铁篦轻轻地把织上的纬线贴紧。整幅缂丝就是这样织成的，真是磨细了心思的工作。

我怀着这样一个愿望，把一些工艺美术的制作过程写下来，要写得清楚明白，让不知道的人仿佛亲眼看见了似的。这儿写缂丝，自己觉得未能满足这个愿望。这是了解不透彻、观察不细密的缘故,我很抱愧。

(1961年6月17日作)

图书在版编目（CIP）数据

爬山虎的脚·记金华的双龙洞 / 叶圣陶著.-- 武汉：长江文艺出版社，2019.5(2021.7 重印)
ISBN 978-7-5702-0924-8

Ⅰ.①爬… Ⅱ.①叶… Ⅲ.①散文集－中国－当代 Ⅳ.①I267

中国版本图书馆 CIP 数据核字(2019)第 047759 号

策划编辑：张远林
责任编辑：黄文娟　　　　　　　　　　责任校对：毛　娟
封面设计：天行云翼·宋晓亮　　　　　责任印制：邱　莉　　胡丽平

出版：长江出版传媒　长江文艺出版社
地址：武汉市雄楚大街 268 号　　邮编：430070
发行：长江文艺出版社
http://www.cjlap.com
印刷：武汉珞珈山学苑印刷有限公司

开本：640 毫米×970 毫米　　1/16　　印张：12.5　　插页：1 页
版次：2019 年 5 月第 1 版　　2021 年 7 月第 5 次印刷
字数：117 千字

定价：19.00 元

版权所有，盗版必究（举报电话：027—87679308　　87679310）
（图书出现印装问题，本社负责调换）